VITO COSTANTINI

William Shakespeare
Messaggi in codice

Youcanprint *Self-Publishing*

Titolo | William Shakespeare – Messaggi in codice
Autore | Vito Costantini
Progetto Grafico | Mimma Petarra (Studio Baldari)

ISBN | 978-88-91178-35-0

Youcanprint Self-Publishing
Via Roma, 73 – 73039 Tricase (LE) – Italy
www.youcanprint.it
info@youcanprint.it
Facebook: facebook.com/youcanprint.it
Twitter: twitter.com/youcanprintit

Indice

I

GLI INGLESI E DANTE

Se un giorno si scoprisse che Dante era inglese, gli Inglesi userebbero ogni mezzo possibile, compresa la pressione politica e la diplomazia, per rendere pubblica questa verità. E non la smetterebbero finché non fosse riscritta e ufficializzata la biografia dell'autore della *Commedia* alla luce della nuova scoperta. Nulla riuscirebbe a intimorirli: forti del proprio orgoglio nazionale pretenderebbero con caparbietà di riavere indietro il sommo poeta. Essi, infine, sono certo, riuscirebbero a portare Dante in Inghilterra con tutti gli onori possibili per farne il nuovo emblema della nazione.

Atteniamoci alla realtà e ribaltiamo la situazione. Oggi abbiamo prove certe, e non una semplice ipotesi, che Michelangelo e Giovanni Florio, padre e figlio, furono gli autori delle opere firmate col nome d'arte William Shakespeare. In particolare Giovanni, John per gli Inglesi, tradusse, ampliò e abbellì le trame teatrali costruite dal padre e scritte in lingua toscana.

Gli studi più recenti confermano questo, ma gli Italiani, a differenza degli Inglesi, sono un popolo in declino che ha perso la speranza e l'orgoglio, con scarso interesse per la cultura. L'Italia assomiglia sempre più a come viene vista dagli stranieri diffidenti che non sono mai stati nella nostra penisola. La cultura è in decadenza e affrontare la questione circa l'identità di Shakespeare appare quasi una perdita di tempo. Gli Italiani sono i primi a non credere in uno *Shakespeare italiano* perché non credono più in loro stessi. Altrimenti non sapremmo spiegarci perché stiamo distruggendo, giorno dopo giorno, un patrimonio culturale e artistico che il mondo ci invidia. Spero vivamente che ci sia un cambio di rotta.

Secondo gli Inglesi, nel 2016 ricorrono i quattrocento anni dalla morte di William Shakespeare. In realtà, nel 1616 morì un attore di Stratford al quale, sette anni dopo, furono attribuite in modo fraudolento le opere dei due italiani.

Per dimostrarlo non occorre prendere visione di tutte le pubblicazioni sul drammaturgo, saranno citate solo alcune opere. Ci troviamo di fronte a uno di quei rari casi in cui più si pubblica su un autore, meno si apprende della sua vita, se la sua vita continua a poggiare sulla menzogna. In un tribunale si può nascondere la verità in due modi: per reticenza o con un fiume di parole che costituiscono una falsa testimonianza. Tutti i biografi di Shakespeare che partono dal presupposto non più tollerabile che l'attore illetterato di Stratford sia l'autore dei drammi e dei sonetti noti in tutto il mondo, fondano i loro scritti su una falsa testimonianza. Costoro sono denominati *stratfordiani*.

La verità è dimostrabile in un modo molto più semplice di quanto fino ad ora questi studiosi ci hanno fatto credere.

Una metafora legata alla formazione dell'universo può aiutare a capire ciò che intendo dire: gli astri e i pianeti sparsi nello spazio infinito sono tutte le pubblicazioni su Shakespeare. Noi partiremo dal presente per fare un percorso a ritroso fino ad arrivare a un punto d'inizio, dove tutto quello che c'è da sapere è condensato.

Negli ultimi quattro secoli gli Inglesi[1] hanno occultato e forse distrutto documenti e scritti che conducevano ad una verità diversa da quella che oggi conosciamo. Ma un delitto, si dice, non è mai perfetto. Essi, infatti, non immaginavano che nelle opere di Shakespeare esistessero messaggi in codice che decodificati chiariscono definitivamente chi ci fosse dietro questo nome [2].

Prendiamo la famosa filastrocca presente nella commedia *Pene d'amor perdute* e leggiamola nella traduzione italiana.

La predace principessa trafisse e ferì un grazioso cerbiattino; alcuni dicono un cervo; ma non un cervo finché non fu fatto cervo col colpirlo. I cani abbaiarono; metti una L a un cervo, poi un cerbiatto balza dal bosco; O cerbiattino, cervo o anche cerbiatto; la gente finisce di gridare. Se il cervo sia un cervo, poi la L al cervo fa di cinquanta cervi un cerbiatto. Di un cervo ne faccio cento aggiungendo solo un'altra L.[3]

Questa filastrocca, apparentemente incomprensibile, contiene un importante messaggio in codice che solo recentemente è stato decodificato[4]. *La predace principessa* è la regina Elisabetta I e l'uccisione del cervo rappresenta simbolicamente il sacrificio di Cristo, metafora dell'eucaristia. La lettera 'L', infatti, indica le 50 piaghe del Messia. Attraverso questo messaggio Shakespeare intese suggerire alla sovrana inglese di amministrare direttamente i sacramenti e diventare anche capo

---

[1] Nel presente scritto spesso intendo con 'Inglesi' solo coloro che hanno contribuito alla più grande frode letteraria della storia. Sono dell'avviso, com'è ovvio, che la stragrande maggioranza degli Inglesi sia onesta.

[2] Tali messaggi mi fanno pensare ai messaggi in codice di Radio Londra durante la II guerra mondiale.

[3] WILLIAM SHAKESPEARE, *Pene d'amor perdute*, 4, 2.

[4] GILBERTO SACERDOTI, *Sacrificio e sovranità*, Einaudi, 2002.

spirituale della Chiesa. Un messaggio così forte, che riguardava il delicato rapporto tra Stato e Chiesa, non poteva essere indirizzato a tutti, ma solo ai pochi in grado di recepirlo e metterlo in atto.

L'età in cui visse Shakespeare fu densa di complotti, tradimenti e persecuzioni. Un autore poteva esprimere liberamente le proprie idee religiose e politiche solo entro certi limiti, superati i quali rischiava di finire in prigione e persino di essere giustiziato. Solo attraverso i messaggi in codice potevano essere diffuse 'verità' ritenute pericolose. Emblematico è il caso della cattolica Mary Stuart, regina di Scozia, che inviò messaggi in codice per favorire un complotto contro la regina Elisabetta.

Col presente lavoro saranno decodificati otto messaggi in codice presenti nelle opere di Shakespeare. Essi non potranno che confermare quanto appare già evidente dalla comparazione degli scritti ufficiali dei Florio con quelli del Bardo e aiuteranno a comprendere meglio la grande influenza del filosofo Giordano Bruno sull'autore dell' *Amleto*.

Come risultato finale si avrà una personale ricostruzione degli avvenimenti non meno veritiera delle invenzioni fornite dai biografi *stratfordiani*.

Tutto questo sarà fatto per restituire idealmente agli Italiani il più grande drammaturgo di tutti i tempi: quello vero, ovviamente.

II

UN UOMO NATO A STRATFORD ON AVON

Nei testi scolastici, nelle enciclopedie e in qualsiasi libro in cui si parli di William Shakespeare, l'avverbio *probabilmente* ricorre in modo costante: *probabilmente* frequentò la scuola locale... *probabilmente* fece questa cosa, *probabilmente* fece quest'altra cosa, ecc[5]

I rapporti intrattenuti dai contemporanei con Shakespeare furono sempre e solo rapporti con un nome, non con una persona. Nessuno conobbe personalmente un uomo chiamato William Shakespeare per il semplice motivo che *Shakespeare,* come ho detto, era un nome d'arte. Tale pseudonimo fu accostato in seguito, in modo fraudolento, a un attore di Stratford che ebbe il solo merito di aver recitato, o soltanto finanziato, i drammi del *vero* Shakespeare[6].

Fermiamoci un attimo a parlare di quest'uomo semianalfabeta che purtroppo l'Inghilterra celebra come il più grande drammaturgo di tutti i tempi a quattro secoli dalla morte. Di lui, paradossalmente, non conosciamo

---

[5] MARK TWAIN, scrittore e critico letterario, nel suo saggio '*Is Shakespeare dead*' parla dei *i potrebbe essere stato* (*the might-have-beeners*) che troviamo nelle biografie ufficiali, tutte basate su congetture.

[6] Ammesso che l'attore di Stratford abbia mai recitato, lo fece in parti secondarie perché, avendo l'accento campagnolo della contea di Warwick, rischiava di non essere compreso in certi ambienti londinesi, compresa la corte.

esattamente neanche il nome e sappiamo che la sua data di nascita, il 26 aprile, stranamente coincidente con quella di morte (giorno in cui si festeggia S. Giorgio, patrono dell'Inghilterra), fu un'invenzione postuma. Infatti, bisogna tener conto che l'Inghilterra restò fedele al calendario giuliano fino al 1752 mentre in quasi tutto il resto d'Europa era entrata in uso nel 1582 la riforma gregoriana. Se anche, nonostante i dubbi, volessimo prendere per buona la data di nascita, per la morte bisogna calcolare dieci giorni in più, visto che ne furono aboliti undici quando l'Inghilterra si uniformò al continente, arrivando così al 4 maggio. E' questa una delle tante clamorose sviste di chi architettò la più odiosa e incommensurabile frode letteraria della storia.

Non sono invece invenzione il luogo di nascita dell'attore, Stratford on Avon, il matrimonio con Anne Hathaway di otto anni più anziana, la nascita dei figli, la sua attività di impresario teatrale, di commerciante di grano, fatti reali e per noi irrilevanti ingigantiti dai biografi per puntellare il resto (legato alla produzione delle opere) che invece è pura invenzione. Non esistono prove, infatti, che abbia frequentato la scuola locale, la *Grammar School*, e si sa invece che era nato da una famiglia di analfabeti, in un villaggio senza cultura, con una formazione scolastica breve ed elementare. Il padre e la madre firmavano con un segno e le due figlie erano incapaci di leggere e scrivere. Della sua scrittura non restano che sei incerte e tremolanti firme e il motivo di questa pessima calligrafia è dovuto al tentativo maldestro di firmarsi col nome d'arte di chi *Shakespeare* lo era per davvero. Nel modestissimo testamento dell'attore, oltre alla banalità dello stile non c'è una sola menzione all'attività di scrittore, né un minimo riferimento a un'opera o a un libro posseduto[7]. Non esistono documenti o testimonianze dirette tra lui e i pretesi principali mecenati. Egli non ha mai contribuito con introduzioni, prefazioni o elogi all'opera letteraria di alcun contemporaneo. Non esiste uno scrittore contemporaneo che gli abbia dedicato un'opera. Non ha lasciato una biblioteca, né un solo libro. Non esistono sue lettere. Il fatto di risiedere per lunghi periodi a Stratford avrebbe dovuto condurlo a scrivere e a ricevere frequentemente lettere. Inoltre, nei drammi immortali di Shakespeare non si parla mai di Stratford, ma infinite volte dell'Italia. Nel corso dell'Ottocento sono stati numerosi i falsari e sabotatori che hanno trafficato attorno a documenti, testimonianze e opere di Shakespeare. Un noto falsario è stato Henry Ireland che ha fabbricato manoscritti di *Re Lear* e alcune parti di *Amleto*. E' legittimo pensare che anche altri individui siano intervenuti in modo disonesto per creare materiale utile alla costruzione di una biografia fittizia che legasse l'uomo di Stratford a drammi e sonetti che non gli appartenevano, o per distruggere documenti compromettenti per lui. In questa esecrabile contraffazione rientra anche il monumento funebre dell'attore giunto fino a noi, sul quale sono stati compiuti numerosi interventi, il più clamoroso dei quali, nel Settecento, l'aggiunta di una penna e un foglio per dare credibilità letteraria ad un uomo senza cultura, un impresario teatrale arricchitosi col teatro, il commercio e l'usura.

---

[7] MARK TWAIN esclude che l'uomo di Stratford sapesse scrivere. Il testamento dell'attore fu scritto da un avvocato, Mr. Collins e le firme sembrano quelle di una persona che sa scrivere solo la sua firma e molto male.

III

LA *QUESTIONE SHAKESPEARE*

I dubbi sull'identità di Shakespeare non sono nuovi. Lo scrittore Henry James definì il divino William *la più grande e più riuscita frode che sia mai stata realizzata nei confronti di un mondo paziente*; e Charles Dickens scrisse che *la vita di Shakespeare è un bel mistero, e tremo ogni giorno per paura che qualcosa possa saltar fuori*.

Come si è detto, sono definiti *stratfordiani* gli studiosi che vedono nell'uomo nato a Stratford on Avon l'autore dei drammi immortali. Riguardo invece ad altre identità, le più note sono quelle riferite a Edward de Vere, conte di Oxford, Christopher Marlowe, Francis Bacon, ecc.

Se per ipotesi si scoprisse che il vero autore dei drammi fosse uno dei suddetti autori inglesi, certamente la reputazione nazionale dell'Inghilterra non ne uscirebbe danneggiata; anzi, tale scoperta finalmente metterebbe fine alla *questione Shakespeare*. Eppure, nonostante ci siano prove certe che l'autore dei 36 drammi raccolti nel *First Folio* del 1623 non sia l'uomo di Stratford, la critica ortodossa si ostina a legittimarlo con argomenti inconsistenti e al limite del ridicolo, opponendosi persino ad altre candidature britanniche.

Questa chiusura degli accademici *stratfordiani* è probabilmente dovuta al timore che aprendosi al confronto possa venir fuori che il vero autore delle opere di Shakespeare non sia inglese ma italiano.

Secondo studi recenti di studiosi non compromessi con le accademie anglosassoni e le potenti istituzioni culturali finanziate dallo Stato, Shakespeare era un uomo che pensava in Italiano e scriveva in Inglese. E' noto che molti nomi italiani inizialmente presenti nei suoi drammi sono stati cambiati o anglicizzati nel corso del tempo. Un esempio è dato dalla commedia *Misura per misura*, la cui storia, ora sappiamo, non è ambientata a Vienna, come è scritto, ma a Ferrara.

E ancora, riguardo al dramma *I due gentiluomini di Verona*, è stato dimostrato che Shakespeare scelse questa città e la zona nord-orientale d'Italia (Milano, Venezia e Mantova) perché conosceva bene i luoghi in quanto qui aveva vissuto esperienze autentiche e per periodi non brevi.

D'altro canto, non occorre passare in rassegna le prove che Shakespeare conoscesse l'Italia, perché nel drammaturgo l'Italia è dovunque, ad ogni livello: stilistico, linguistico, storico, artistico, geografico, topografico, emotivo.

IV

UN PERCORSO A RITROSO VERSO I FLORIO

Sgombriamo il campo da un luogo comune. Alcuni ritengono che riguardo a Shakespeare contino soltanto le sue opere e non se sia inglese o italiano. E' un'affermazione avventata diffusa soprattutto nel mondo del teatro, dove gli attori, impegnati sul testo teatrale, non entrano nel merito della conoscenza biografica. Tuttavia, Natalino Sapegno, uno dei più grandi critici letterari del XX secolo, ha detto:

> Le opere di un autore possono essere intese appieno solo tramite un esame della sua formazione umana e culturale, che tenga conto di tutti i dati, anche psicologici della sua personalità... posto che senza la vita dell'autore nella sua collocazione anche storica non esisterebbero neppure gli affetti e le fantasie del poeta, non l'opera artistica, non la rifrazione del sentimento nell'opera poetica[8].

L'ipotesi che Shakespeare fosse italiano fu avanzata per la prima volta da Santi Paladino, un giornalista di Scilla in Calabria che nel 1927 pubblicò su un giornale filo governativo un articolo nel quale sosteneva che il nome *Shakespeare* era lo pseudonimo del poeta italiano e riformatore Michelangelo Florio[9]. Paladino dichiarò di essere arrivato a questa conclusione dopo aver trovato nella preziosa e aristocratica biblioteca paterna un volume del 1549 in cui venivano riportati detti e

---

⁸ NATALINO SAPEGNO - EMILIO CECCHI, *Letteratura italiana* vol. VII, pag. 736, Garzanti editore, 1982.
⁹ SANTI PALADINO, in *Impero*, n. 30, 4 feb. 1927.

proverbi che circa 50 anni dopo sarebbero comparsi nell'*Amleto* di Shakespeare[10]. Il giornalista, che successivamente sostenne la sua ipotesi in un saggio, per approfondire l'argomento fondò un'accademia di studi della quale fecero parte molti intellettuali italiani ed europei [11].

L'accademia qualche anno dopo fu chiusa per ordine delle autorità fasciste che accusarono il giornalista di massoneria. Il prezioso materiale raccolto dagli studiosi che vi avevano aderito fu requisito, compreso il vecchio volume di Florio, mai più trovato. Nel 1955, ripubblicato il libro, il giornalista dichiarò che il vero motivo della chiusura dell'accademia fu un altro, senza spiegare quale[12]. Tuttavia, la storia di quegli anni m'induce a ipotizzare che l'accademia fu chiusa per evitare un incidente diplomatico. Affermare che il simbolo culturale dell'Inghilterra fosse italiano sarebbe stato un affronto inaudito per gli Inglesi. Il futuro primo ministro Winston Churchill in quel periodo era un grande sostenitore di Mussolini e durante una sua visita a Roma, avvenuta circa un mese prima dell'articolo di Paladino, aveva apprezzato la politica del duce[13].

Negli stessi anni di attività del giornalista di Scilla, Frances Amelia Yates, storica e saggista britannica molto accreditata negli ambienti accademici italiani per

---

[10] MICHELANGELO FLORIO, *Secondi frutti*, 1549.

[11] SANTI PALADINO, *Shakespeare sarebbe il pseudonimo di un poeta italiano?*, Reggio Calabria, Borgia, 1929.

[12] SANTI PALADINO *Un italiano autore delle opere Shakespeariane*, Milano, Gastaldi, 1955.

[13] Churchill a Mussolini: '*Se io fossi italiano sarei stato con voi fin dal principio; il vostro movimento ha reso un servigio al mondo intero*'; e nel 1933, proprio quando fu chiusa l'accademia di Paladino, ribadì ai giornalisti: '*Il signor Mussolini è il più grande legislatore fra i viventi*'. RICHARD LAMB, *Mussolini e gli Inglesi*, Corbaccio, 1998 pag. 108.

i suoi preziosi lavori sul pensiero del Cinquecento e del Seicento, in particolare su Giordano Bruno, pubblicò un saggio su John Florio, figlio di Michelangelo Florio[14]. La Yates, come dimostrerò più avanti, scoprì la verità su Shakespeare, ma preferì non rivelarla apertamente. Riferendosi in una nota del proprio libro all'ipotesi di Paladino, la studiosa si limitò a scrivere che ci poteva essere del vero nelle parole del giornalista.

Oltre alle suddette pubblicazioni, è interessante ricordare un episodio che riguarda l'*Enciclopedia Britannica*. L'edizione del 1890 fu curata da Thomas Spencer Baynes, uno dei più grandi studiosi di Shakespeare dell'epoca. In questa edizione alla voce *Shakespeare* è scritto che Giovanni Florio, traduttore italiano emigrato in Inghilterra, probabilmente fu insegnante di italiano e francese di Shakespeare quando questi arrivò a Londra intorno al 1590. Baynes giunse a queste conclusioni dopo aver trovato molte analogie tra le opere di traduzione dell'Italiano e i drammi del Bardo, oltre ai numerosissimi e dettagliati riferimenti all'Italia in essi contenuti. Nella successiva edizione, senza più Baynes come curatore, scomparve inspiegabilmente qualsiasi collegamento tra Florio e Shakespeare.

I libri sui Florio sono rimasti per anni ai margini della cultura ufficiale, forse perché dedicati ad autori considerati minori nell'Inghilterra elisabettiana. Solo recentemente si è tornato a parlare dei due italiani. A parte la produzione crescente di opere in cui si afferma che l'attore di Stratford non può aver scritto i drammi a

---

[14] FRANCES AMELIA YATES, *John Florio. La vita di un Italiano nell'Inghilterra di Shakespeare, 1934.*

lui attribuiti, nel 2008 Lamberto Tassinari[15] e Saul Gerevini[16] hanno riproposto la tesi dei Florio quali veri autori dei drammi firmati *Shakespeare*. Gerevini ha inoltre fondato, insieme ad altri studiosi, un'associazione culturale di studi sui Florio, con un sito costantemente aggiornato[17]. In particolare, Corrado Panzieri per vent'anni ha condotto varie indagini negli archivi storici italiani e inglesi ed ha raccolto prezioso materiale che conferma la tesi sull'italianità del Bardo.

Del 2012 è un'inchiesta sui Florio di due giornaliste della RAI[18]. Risale infine al 2013 il mio romanzo storico[19] scritto col duplice intento di far conoscere le vicende dei due italiani anche fuori dall'ambito accademico e di confermare, con la ricerca e l'analisi personale, la verità sui Florio.

---

[15] LAMBERTO TASSINARI, *Shakespeare? E' il nome d'arte di John Florio*, Giano Books, Montréal, 2008.

[16] SAUL GEREVINI, *William Shakespeare, ovvero John Florio: un fiorentino alla conquista del mondo*, Pilgrim Edizioni, Massa Carrara, 2008.

[17] Dell'associazione fanno parte C. PANZIERI, M. O. NOBILI, J. JONES, G. HARDING. Il sito è: www.Shakespeareandflorio.net.

[18] ROBERTA ROMANI - IRENE BELLINI, *Il segreto di Shakespeare*, Mondadori, Milano, 2012.

[19] VITO COSTANTINI, *Shakespeare è italiano*, Youcanprint, Tricase 2013.

V

Un padre e un figlio

Michelangelo Florio, detto il *Fiorentino*, nacque a Lucca intorno al 1518. Fu un frate francescano dalla cultura enciclopedica e dalla grande competenza linguistica. Raffinato intellettuale, andò in giro per l'Italia predicando col nome di fra' Paolo Antonio. Nel 1549, caduto nelle maglie dell'inquisizione, venne rinchiuso nella prigione di Tor di Nona a Roma. Qui rimase 27 mesi, ma poco prima di essere giustiziato riuscì a fuggire. Giunse nel 1550 a Londra dove, una volta convertitosi, divenne predicatore della chiesa italiana valdese. La sua cultura fu tale da essere richiesto subito negli ambienti aristocratici. In pochi mesi riuscì ad entrare nella corte di re Edoardo VI e presto divenne precettore dei nobili rampolli inglesi, compresa la futura regina Elisabetta. Particolarmente legato fu alla giovane allieva Jane Grey che fu regina per nove giorni prima di essere giustiziata.

In questo primo soggiorno inglese un avvenimento macchiò la reputazione di Michelangelo Florio, poiché ebbe un rapporto sessuale con una donna fuori dal matrimonio. Egli rischiò di perdere la protezione del potente William Cecil, segretario di Stato, e di essere rispedito in Italia, ma venne infine perdonato. Dalla relazione con la donna che poi sposò, nel 1553 nacque John.

L'anno successivo, morto Edoardo e tornato il cattolicesimo in Inghilterra con Mary Tudor, il predicatore fu costretto a lasciare la nazione che lo aveva ospitato. Riparò a Soglio, un villaggio della Svizzera, dove oltre ad essere predicatore fu anche notaio. A Soglio scrisse diversi saggi[20], partecipò al dibattito sulla Riforma, s'interessò della lingua italiana, si dedicò personalmente all'istruzione del figlio. Quest'ultimo, raggiunta l'adolescenza, studiò presso l'Università di Tubinga e successivamente in varie università italiane senza però laurearsi.

Con l'ascesa di Elisabetta I in Inghilterra, i Florio, padre e figlio, tornarono a Londra. Nella città inglese Michelangelo rimase in incognito nel terrore di essere ripreso dagli inquisitori, dedicandosi completamente alla scrittura. Il figlio John divenne anche lui precettore e lavorò come traduttore e legale all'interno dell'ambasciata francese, dove strinse amicizia con Giordano Bruno, ospite nella stessa ambasciata dal 1583 al 1585.

John nel 1578 pubblicò *Primi frutti*, un manuale bilingue italiano-inglese corredato da una grammatica italiana e tradusse diverse opere italiane. Due anni più tardi sposò Rose Daniel, sorella del poeta Samuel Daniel e nel 1584 pubblicò una raccolta di poesie, *Pandora* con lo pseudonimo di John Soowthern[21].

In seguito, il traduttore conobbe intellettuali di grande prestigio, come Philip Sidney, cortigiano e poeta del quale Florio curò il romanzo 'Arcadia' dopo la morte del suo autore. Sidney introdusse l'Italiano in un circolo

---

[20] *Apologia di M. Agnolo Fiorentino (1557); Opera di Giorgio Agricola de l'arte de metalli (1563); Historia de la vita e de la morte de l'Illustr.. Signora Giovanna Graia (1607); Regole et Institutioni della Lingua Thoscana (manoscritto).*
[21] Ipotesi di LAMBERTO TASSINARI

esclusivo d'intellettuali che prendeva il nome di *Scuola della notte*.

Nel 1591 pubblicò un altro manuale, *Secondi frutti* nella cui appendice aggiunse circa 6000 proverbi italiani (raccolti dal padre in Italia). A partire da questa pubblicazione decise di anteporre al proprio nome l'aggettivo *resolute* (risoluto, deciso): si firmerà *Resolute John Florio*. Subito dopo questa decisione, comparvero sulla scena londinese i drammi di Shakespeare.

Alcune testimonianze dell'epoca riferiscono che per un periodo John Florio fu anche un agente segreto al servizio del potente Francis Walsingham, capo dei servizi segreti inglesi. Questo spiega la conoscenza della dinamica delle trame politiche e dei complotti nelle opere di Shakespeare/Florio.

Nel 1598 pubblicò *Un mondo di parole*, il primo, autentico dizionario moderno italiano-inglese, iniziato intorno al 1590, un'opera straordinaria per ricchezza di termini, oltre 46.000 parole italiane, 74.000 nella ristampa, 150.000 parole inglesi. Nell'intenzione di Florio il dizionario doveva essere utile a chiunque, ma soprattutto agli studiosi, per affrontare quelle letture che in Inghilterra erano proibitive per chi non conoscesse perfettamente l'italiano, in particolare per leggere le opere di Dante, Petrarca, Boccaccio. Dagli studi più recenti emerge che chiunque cerchi chiarimenti sul linguaggio di Shakespeare deve fare necessariamente riferimento a questo dizionario in cui emerge la tecnica grammaticale attraverso la quale il grande drammaturgo componeva nuove parole, idee e concetti. Queste tecniche linguistiche erano già state messe in pratica nei lavori di Florio prima che comparisse l'attore di Stratford e fossero rappresentati i drammi di

Shakespeare (ma oggi sappiamo che Florio e Shakespeare sono la stessa persona). Per compilare questo dizionario John lesse oltre duecentocinquanta libri, molti dei quali servirono a Shakespeare (cioè a Florio stesso) come fonti per comporre i drammi. Contemporaneamente alla elaborazione del suo dizionario, John lavorò alla traduzione dei *Saggi* di Montaigne, pubblicati nel 1603, probabilmente uno dei libri più influenti mai pubblicati in Inghilterra. Essi diventarono una moda e furono letti e riletti per generazioni. Il loro contributo per capire lo sviluppo letterario di Shakespeare/Florio è rilevante, basti pensare che alcuni drammi, come *La tempesta*, sono estesamente modellati sui *Saggi* tradotti dallo stesso Florio.

Nel 1605 morì Michelangelo Florio. John continuò la sua scalata sociale e con l'arrivo al trono di Giacomo I divenne precettore dei figli del re e segretario personale della regina Anna. In segno di stima nei confronti di Giacomo I, Florio tradusse in italiano uno scritto del sovrano, il *Basilikon Doron* (Dono regale) che divenne importante per molte opere di Shakespeare. La morte nel 1612 del principe Enrico, che sarebbe stato il futuro re d'Inghilterra, colpì molto l'Italiano. Nel 1619, con la morte della regina Anna, il traduttore fu definitivamente allontanato dalla corte. Negli ultimi anni Florio tradusse in inglese le novelle del Boccaccio e realizzò il *First Folio* (1623), dove furono raccolte tutte le sue opere firmate *William Shakespeare*. Ritiratosi a Fulham, nella periferia di Londra, il traduttore vi rimase fino alla morte, avvenuta per un attacco di peste nel 1625.

Il testamento di John Florio, scritto l'anno stesso della sua morte rivela, ovviamente, impressionanti affinità con il modo di scrivere e di pensare di Shakespeare.

E' stato dimostrato che nei drammi del Bardo traspare il linguaggio di Dante e la conoscenza approfondita della *Divina Commedia*[22]. Al tempo della composizione delle opere firmate *Shakespeare*, in Inghilterra solo John Florio aveva tale conoscenza: per avere la prima traduzione completa dell'opera di Dante in inglese occorrerà attendere due secoli[23].

---

[22] FRANK KERMODE, *Il linguaggio di Shakespeaere*, Bompiani, 2000.

[23] La *Divina Commedia*, tradotta interamente nel 1802, sarebbe stata inaccessibile a uno Shakespeare poco o niente pratico della lingua italiana. Florio, invece, possedeva quattro edizioni della *Commedia*, con i commenti di Giovanni Boccaccio, Alessandro Vellutello, Bernardino Daniello e del Landino.

VI

DUE BRANI A CONFRONTO

Michelangelo Florio, lo avete letto nella biografia, nel primo soggiorno in Inghilterra fu anche precettore di Jane Grey. A lei, anni dopo, dedicò un libro dove, in un passaggio, riporta la reazione della giovane allieva al racconto dei mesi che l'ex frate francescano aveva trascorso nella prigione a Roma. Ecco le parole di Michelangelo:

Io stesso, raccontandole un giorno gli **oltraggi**, gli **scorni** e i tormenti che a Roma avevo sofferto nello spazio di ventisette mesi, per aver predicato a Napoli, Padova e Venezia la vera religione di Cristo, la vidi lacrimare e alzati gli occhi al cielo, dire: ' Signore, fa in modo che nel mondo non ci sia tanta sofferenza per i tuoi figli'[24].

Ora invece vediamo che cosa è scritto nel dramma *Otello*, quando il protagonista della tragedia racconta il proprio passato a Desdemona:

Ebbi da lei la fervente preghiera di farle per esteso la storia delle mie avventure di cui aveva sentito soltanto una parte, e mai di filato. Acconsentii e spesso le strappai le lacrime parlando delle traversie che avevo sofferto in gioventù. Finito quel racconto mi compensò con un mondo di sospiri[25]

L'episodio delle giovani donne che si commuovono al racconto di due uomini non è una semplice coinci-

---

[24] MICHELANGELO FLORIO, *Storia della vita e della morte di Lady Jane Grey*.
[25] *Otello*, 1, 3

denza. Michelangelo prende spunto da un episodio reale della sua vita per creare la scena tra Otello e Desdemona. Voglio precisare che si possono trovare molte altre analogie di questo tipo se si mettono a confronto le opere dei Florio e i drammi di Shakespeare. Tuttavia, se ancora sussistono dubbi sui brani appena letti osservate i due sostantivi *oltraggi* e *scorni* che Michelangelo sceglie per descrivere la sua sofferenza nella prigione romana: essi compaiono anche nel famoso monologo di Amleto quando il principe di Danimarca parla degli *scorni del tempo* e dell'*oltraggiosa fortuna* [26].

Con l'avvento della cattolica Mary Tudor, nel 1554 i Florio abbandonarono l'Inghilterra e si trasferirono a Soglio, in Svizzera. Qui John ricevette i primi insegnamenti dal padre che, avendo anche la passione per il teatro, scrisse drammi in lingua toscana lasciati momentaneamente nel cassetto. Attività che continuò dopo la morte della moglie e il raggiungimento nel 1577 di John a Londra, dove questi era emigrato qualche anno prima.

La decisone di trasferirsi fu presa da Michelangelo per sfuggire agli inquisitori e anche per poter aiutare il figlio a inserirsi nel mondo aristocratico. Ma più tardi la frequentazione dei nobili si rivelò dispendiosa e così John decise di tradurre (ma non solo tradurre, anche ampliare e abbellire) i drammi del padre per farli rappresentare e trarne profitto, una scelta che volle rendere definitiva anteponendo al proprio nome, a partire dal 1591, l'aggettivo *risoluto,* un marchio e un impegno quasi solenne con se stesso per non tornare mai più indietro su tale decisione. Ma, badate bene, la firma *reso-*

---

²⁶ E' stato MASSIMO O. NOBILI a rilevare che i sostantivi **scorno** (chiaramente importato dall'Italia e poco conosciuto in Inghilterra, forse solo dai Florio) e **oltraggio** (che diventa aggettivo), si trovano nel famoso monologo di Amleto.

lute John Florio comparve solo nelle opere di traduzione, perché i drammi rimasero ancora anonimi.

La scelta dell'anonimato aveva un motivo: gli Inglesi non tolleravano che uno straniero pubblicasse opere poetiche e teatrali in inglese, ma solo opere di traduzione. Secondo la testimonianza di John Florio essi avevano *un coltello pronto per squarciargli la gola* se lo avesse fatto[27]. L'aggettivo *risoluto* era perciò carico di significato per il traduttore italiano. In concomitanza con questa scelta, iniziarono a comparire sulla scena teatrale londinese alcuni drammi di cui si comprese subito la grandezza e solo in seguito associati al nome *Shakespeare*. Essi furono inizialmente rappresentati dalla compagnia di Richard Burbage, attore e impresario a cui si affiancò come attore e poi finanziatore un giovane campagnolo semianalfabeta col fiuto degli affari giunto da Stratford, lo stesso che trent'anni più tardi sarà beatificato dagli Inglesi come un mostro di cultura e il più grande drammaturgo che il mondo abbia mai celebrato.

---

[27] Introduzione al Dizionario *Un mondo di parole* (*A World of Words*).

VII

IL NOME D'ARTE

Sul finire del 1592 i teatri chiusero per il diffondersi della peste. Nel 1593 fu pubblicato il poemetto *Venere e Adone* in cui per la prima volta comparve il nome di un autore sconosciuto, William Shakespeare, e l'anno successivo, dello stesso autore *Lo stupro di Lucrezia*. *Shakespeare*, lo ripeto, è il nome d'arte dei Florio, nulla a che fare col *Crollalanza* siciliano da qualche parte ipotizzato.

Prima di scoprire il motivo della scelta di questo pseudonimo, occorre fare una precisazione. In epoca elisabettiana commediografi e attori non erano considerati letterati e artisti, ma erano posti sullo stesso piano dei mediatori e dei proprietari di teatro, degli operatori di circhi e bordelli. Gli autori che vivevano di teatro potevano essere allo stesso tempo attori e comproprietari di sale ed erano legati alle compagnie da contratti orali o scritti. Si capisce che in questa situazione i criteri di scelta di un'opera non erano date dalle qualità letterarie, ma dal suo potenziale commerciale. Una volta venduto il dramma, l'autore perdeva ogni diritto e l'opera diventava proprietà della compagnia che l'aveva acquistata, la quale poteva farne ciò che voleva. Il mestiere di un buon commediografo era piuttosto remunerativo, guadagnava più di un insegnante e di un curato, ma la reputazione di chi lavorava nei teatri commerciali era tra le più basse ed erano molti a far di tutto per non associare la propria immagine a quel mondo.

Voglio infine ricordare ciò che i biografi ufficiali considerano due stranezze del Bardo. La prima è questa: le opere firmate *Shakespeare* furono sempre gestite, fin dal 1594, data della sua formazione, dalla compagnia *Lord Chamberlain's Men* poi chiamata *King's Men*. Tale fedeltà non è riscontrabile in altri autori. La seconda: i drammi non furono mai consegnati allo stampatore personalmente da Shakespeare che, ovviamente, non intervenne nelle bozze, al contrario di quanto era accaduto con i due poemetti citati, impeccabilmente preparati per la stampa.

In realtà, queste stranezze sono facilmente spiegabili se ci mettiamo nella testa che dietro Shakespeare ci sono i Florio.

Partiamo dal 1593, quando il nome *Shakespeare* compare per la prima volta, proprio nell'anno della ripresa della peste. In quel periodo i sentimenti xenofobi erano molto accesi e le autorità erano impegnate a controllare frequenti esplosioni di violenza nei confronti degli stranieri. John Florio era uno straniero e suo padre ricercato dagli inquisitori italiani. Questo spiega perché i Florio si servirono sempre della stessa compagnia: affidare i drammi a compagnie diverse avrebbe moltiplicato il pericolo di perdere l'anonimato. Per lo stesso motivo, a parte i due poemetti iniziali, non consegnarono mai più personalmente allo stampatore le loro opere e se ne disinteressarono una volta venduti alla compagnia.

Quanto ho appena detto sul comportamento dei Florio appare inconcepibile se accostiamo i drammi all'attore di Stratford. Questi, essendo abile commerciante e usuraio, non avrebbe mai abbandonato i drammi al proprio destino senza ricavarne tutto il profitto possibile, fino all'osso.

Tornando ai Florio, si capisce perché pubblicare i due poemetti col nome italiano sarebbe stata una follia, e questo valeva anche per i drammi che avevano già immesso sul mercato londinese in forma anonima. Ma John il *risoluto*, e solo lui, dal momento che il padre Michelangelo, vecchio e con la fobia degli inquisitori, era oramai in disparte dalla vita sociale e culturale, ad un certo punto decise di metter fine all'anonimato completo. Fu allora che, seguendo il metodo del suo amico Giordano Bruno[28], John cercò un nome d'arte che rispecchiasse, in forma ermetica, l'origine, la cultura e gli obiettivi che si erano posti i Florio, vale a dire portare in Inghilterra la cultura italiana e innalzare il livello della lingua inglese, all'epoca la meno considerata in Europa. Il nome d'arte *William Shakespeare* ben si prestava in tal senso. Che si tratti di uno pseudonimo lo testimoniano i documenti dell'epoca perché a Londra in quel periodo non esisteva una sola persona che si chiamasse in questo modo. Fu proprio con il nome d'arte che i Florio lanciarono il loro più importante messaggio in codice.

---

[28] G. BRUNO, *Le ombre delle idee*. Scrive Bruno: "Coloro cui sarà concesso di apprendere i più profondi principi dell'arte... ricordino di non divulgare senza distinzione a chiunque". Il Nolano ebbe una grandissima influenza su Shakespeare/Florio.

VIII

1° MESSAGGIO IN CODICE
Shake-Speares

Avviciniamo la nostra lente d'ingrandimento allo pseudonimo *William Shakespeare* iniziando con **William,** un nome molto comune in Inghilterra. Le sue lettere divise in un certo modo danno **Will I am** che cambiate di posto diventano **I am will.** Come sostantivo, *will* in inglese significa volontà, risolutezza. Così, se dico *I am Will,* intendo *Io sono volontà, risolutezza,* nel senso che avverto nel mio animo questo sentimento. In altre parole, John con questo nome volle replicare quel *resolute* (risoluto) che già anteponeva al proprio nome firmando, come abbiamo visto, le opere di traduzione (*Resolute John Florio*). Usando il nome *William,* egli intese creare un ermetico ponte di collegamento tra gli scritti di traduzione, sufficientemente tollerati dagli inglesi, e le opere teatrali e di poesia, di fatto proibite agli stranieri.

Passiamo al cognome. John, grande conoscitore come il padre del mondo classico, cercò nella mitologia un nome d'arte appropriato. Trovò ispirazione in Atena, la dea che nel mito vibra una lancia, intesa l'arma, simbolicamente, come penna da scuotere contro l'ignoranza. Non tutti sanno che lo pseudonimo *William Shakespeare* comparso nei due poemetti, fu in seguito sostituito con *Shake-Speares.* E' stato rilevato che in 15 dei 33 drammi pubblicati prima del *First Folio* del 1623 il nome del drammaturgo è scritto in questo modo, una caratteristica senza precedenti nel mondo delle lettere.

Sarebbe interessante capire perché Florio decise ad un certo punto della sua vita di non firmarsi più come aveva fatto al suo esordio letterario, ma soltanto con il cognome diviso in due da un trattino.

Non credo che la trasformazione sia imputabile a motivi estetici perché, oramai lo abbiamo capito, dietro ogni scelta dell'Italiano esisteva una motivazione occulta. Vediamo di che si tratta.

Nei primi anni Novanta, nonostante il comportamento prudente di John, il suo nome cominciò a circolare negli ambienti teatrali, benché non vi fosse la certezza se dei drammi fosse l'autore o soltanto il correttore. Nello stesso periodo fu accusato dai suoi detrattori, che non sapevano spiegarsi la sua prolificità letteraria, di copiare le opere altrui. Fu a quel punto che Florio volle lanciare un messaggio in codice per affermare che tanta produzione letteraria e teatrale non era dovuta al plagio, ma alla collaborazione con un'altra persona, suo padre, con cui aveva creato una sorta di laboratorio di scrittura.

Osservate bene **Shake-Speares**, due nomi separati da un trattino, con la 's' finale del plurale inglese, proprio perché i Florio erano due. Si tratta di uno pseudonimo *gemellare* scelto per simboleggiare *Michelangelo-John*, padre e figlio, un nome d'arte, come si è detto, suggerito ai due dal mito della nascita di Atena, venuta fuori dalla testa di Zeus già adulta brandendo una lancia.

Il significato è il seguente: Michelangelo (*Shake)* scrive drammi (o li abbozza o fornisce materiale utile per la loro stesura) e in questo modo scuote la mente di John (*Speare*), che traduce, amplia, abbellisce con la sua penna (lancia). John, inoltre, come Atena è venuto fuori dalla testa del genitore, nel senso che la cultura di Michelangelo è stata trasmessa al figlio [29].

Ma tutto questo ancora non basta per spiegare la scelta del mito perché esiste un'altra motivazione. Per scoprirla vediamo l'origine del nome della dea attraverso l'enciclopedia Treccani:

La dea è designata in due modi: o semplicemente come Atena o come Pallade Atena; due nomi, questi ultimi, che non ricorrono mai separati in Omero e in Esiodo. Si attribuisce dai più al primo (Pallade) un valore predicativo, alludente **alla forza che vibra la lancia**; nella radice del secondo si cela l'idea della **fiorente giovinezza**.

I Florio, grandi studiosi di greco, conoscevano molto bene il significato del nome Atena, la cui radice verbale si connette a **fiore**, come anche quello di Pallade, da pà-lein (vibrare) l'epiteto della dea greca quale lanciatrice d'asta. Poiché il nome fa soprattutto riferimento a **fiore** e **fiorente,** si capisce perché l'Italiano lo abbia scelto. Il nome Florio, infatti, deriva da fiore. Sotto il ritratto di John, l'unico che ci è pervenuto, appaiono i seguenti versi in latino, di seguito tradotti:

Contento del suo valore, nobile per l'arte, Italiano di lingua, Inglese di cuore, per l'opera ambedue **fiorisce** ora e **fiorirà** in futuro. Chi lo ama desidera che **Florio**, così **florido** in questo ritratto, possa continuare a **fiorire**.

Insieme a questi versi compare l'immagine del girasole, un fiore che per le sue caratteristiche si presta molto bene al gioco simbolico, poiché una sua parte è costantemente illuminata da sole, al contrario dell'altra

---

[29] Nel *First Folio* del 1623, scomparso Michelangelo, John Florio tornò a firmarsi *Shakespeares*. Successivamente gli Inglesi faranno sparire anche la 's' del plurale, in un processo di graduale occultamento.

che vive nell'ombra, situazione in cui si trovarono i Florio in rapporto alle loro opere teatrali.

A conclusione del nostro discorso resta da capire, nella scelta dello pseudonimo, il ruolo dell'attore affarista di Stratford. Questi arrivò a Londra poco prima che John scegliesse il nome d'arte ed entrò nella stessa compagnia a cui l'italiano aveva fornito alcuni drammi già rappresentati in forma anonima.

Il nome dell'attore, secondo quando apprendiamo dai documenti ufficiali, non è sempre lo stesso, perché varia: **Will Shaksper**, **Saxsper** o **Shasber**. Qualche studioso afferma che la somiglianza di questo nome con lo pseudonimo *William Shakespeare* dei Florio abbia creato il *qui pro quo*, il fraintendimento e lo scambio di persone che ha portato come risultato alla più grande frode letteraria della storia.

Facciamo due ipotesi. La prima: se davvero l'attore si chiamava con uno dei tre nomi evidenziati, tale nome può aver suggerito a John Florio, funambolo della parola, il suo *William Shakespeare*, uno pseudonimo contenente quei messaggi sopra analizzati e in più con una vaga somiglianza al nome dell'attore appena giunto a Londra. In questo caso il fraintendimento sarebbe stato creato *ad hoc* da John per rendere più saldo l'anonimato, poiché l'ambiguità avrebbe creato incertezza. Inoltre, scegliere come *alter ego* un uomo palesemente ignorante, avrebbe permesso ai Florio, se l'atteggiamento degli Inglesi verso di loro fosse successivamente mutato, di riappropriarsi delle proprie opere senza nessuna recriminazione da parte del prestanome di Stratford. La seconda ipotesi: il nome dell'attore resta tuttora ignoto e i tre nomi sopra elencati rappresentano il tentativo maldestro dell'attore, dopo il successo dei drammi, di registrarsi nei documenti ufficiali dell'epoca (scarsamente controllati e stilati da funzionari facilmente corruttibili), col nome d'arte dei Florio. Questo fa pensare che nel corso dei secoli gli Inglesi, al fine di trasformare un illetterato nel più grande drammaturgo di tutti i tempi, abbiano manomesso registri parrocchiali e documenti legali, creando persino una falsa genealogia[30].

Ovviamente, la certezza dell'identità Florio-Shakespeare, lo ripeto, non ci è data soltanto dall'interpretazione dei messaggi in codice che ci ha lasciato John Florio, ma dalla comparazione tra gli scritti ufficiali dei due italiani e quelli di Shakespeare (cioè dei loro stessi scritti).

---

[30] Nei documenti matrimoniali del 27.11.1582 conservati a Worcester si legge *Wm Shaxpere*. Il giorno dopo diventa *William Shagspere*. I documenti furono scritti più volte in maniera maldestra.

IX

Il corvo rapace

I drammi dei Florio, recitati dalla compagnia dei *Lord Chamberlain's Men,* hanno successo. I due italiani ricevono una percentuale sugli incassi ma, nonostante l'anonimato, gli intellettuali e gli aristocratici sanno che l'autore delle rappresentazioni è il traduttore italiano John Florio.

In una famosa citazione di Robert Greene, tratta da un libello del 1593, evidentemente sfuggita all'opera di occultamento dei Florio in atto da secoli, si parla chiaramente di John quale autore dei drammi shakespeariani[31].

Premetto che la citazione è posteriore alla rappresentazione dell'*Enrico VI*, in cui un personaggio femminile viene definito, per il suo atteggiamento aggressivo, *cuore di tigre nascosto nella pelle d'una donna*[32]. Greene è un intellettuale laureato invidioso di John Florio che, pur non avendo una laurea, miete successo scrivendo opere di traduzione e soprattutto opere teatrali. La frase è questa:

Di conseguenza, non vi fidate di loro: perché c'è un **corvo rapace** fattosi bello con le nostre piume, che con il suo **cuore di tigre nascosto nella pelle di un attore**, pensa di essere in grado di produrre un

---

[31] Lo ha dimostrato Saul Gerevini (che tra l'altro ritiene sia Thomas Nashe il vero autore del libello) in uno studio che qui accenno solo per potermi ad esso collegare su quanto dirò più avanti.

[32] *Enrico VI*, parte III, 1, 4.

34

verso sciolto come il migliore di voi; e, essendo in **assoluto** un Giovanni tuttofare (Johannes **factotum**), è nella sua presunzione il miglior Scuotiscena (Shakescene) del paese[33].

Greene non può esprimersi chiaramente per non essere denunciato, ma all'epoca tutti sapevano di chi stesse parlando.

Questa citazione oggi compare nelle enciclopedie, nei testi scolastici e in ogni scritto dedicato a Shakespeare ed è sventolata dai biografi inglesi perché in essa per la prima volta viene accostato il nome *Shakespeare* alle opere teatrali, nome che vedono nel termine *Shakescene* (*Scuotiscena*). Va chiarito che *Scuotiscena* all'epoca era un aggettivo usato per definire chi non sapesse fare teatro, chi riusciva solo a scuotere la scena. Per questo motivo Greene, inviperito, accosta per assonanza *Shakespeare* a *Shakescene*. Qui finisce l'interpretazione degli Inglesi, ignorando volutamente il resto, di gran lunga più importante della premessa. Vediamo dunque il resto.

Il corvo rapace, come dimostrerò ampiamente nelle prossime pagine, è senza alcun dubbio John Florio, che scrive una dietro l'altra e velocemente opere teatrali, (ma noi oggi sappiamo che traduce anche dal padre Michelangelo). John, lo ripeto, è preso di mira da Greene che, non sapendo spiegarsi la prolificità dell'Italiano, lo accusa di copiare le opere altrui, dei laureati, e con tali opere farsi *bello*. Greene non parla dell'attore di Stratford, ma di John, il vero autore *dell' Enrico VI,* definito (facendo una parodia del dramma) *cuore di tigre nascosto nella pelle di un attore,* nel senso che John vigliaccamente si nasconde come autore dietro un attore che recita i suoi drammi.

---

[33] ROBERT GREENE, *A Groatsworth of Wit,* 1593

Che tale autore sia il traduttore italiano è evidente, perché più sotto compare addirittura il suo nome latinizzato *Johannes* (Giovanni) e l'aggettivo **factotum** (tuttofare), proprio l'appellativo di Florio, come l'Italiano stesso ci informa nell'introduzione al suo dizionario[34].

In ogni caso *factotum* era anche un soprannome risalente al tempo in cui l'Italiano aveva lavorato all'ambasciata francese dove nel contempo era stato insegnante della figlia dell'ambasciatore, legale e traduttore. Per concludere e confermare quanto fin qui è stato detto, osservate nella citazione l'aggettivo *absolute* (assoluto) che non è messo a caso da Greene, ma per richiamare ironicamente e per assonanza (come fa con *Shakescene*) il *resolute* (risoluto) che John Florio aveva iniziato ad anteporre al proprio nome nella firma delle opere di traduzione.

---

[34] Florio scrive che fu Hugh Sanford, segretario della nobile famiglia Pembroke, ad attribuirgli quel soprannome. Sanford potrebbe aver preso spunto dai *Secondi frutti* di Florio, libro in cui l'Italiano aveva riportato citazioni di autori classici sull'amore visto come padrone del mondo. Florio scrive che Amore aveva preso '*da Marte la sua spada, da Nettuno il suo tridente, e da Giove il suo fulmine, e... da Omero i suoi versi e da Ercole la sua clava. Così, come un Dittatore è un Dominus* **factotum**, *e chi se non lui?*'. Accostando la definizione di factotum a Florio, Sanford (pure lui) intendeva dire che l'Italiano prendeva, copiava dalle opere altrui, come Amore aveva preso da Marte la spada, da Nettuno il tridente, ecc.

2° MESSAGGIO IN CODICE
Dodici anni di prigione

Dopo la morte di Michelangelo Florio avvenuta nel 1605, John continuò a tradurre gli ultimi drammi del padre. L'attore, di cui continuiamo a ignorare l'esatta trascrizione del nome, dopo essersi arricchito con le opere dei due italiani in quegli stessi anni si ritirò a Stratford per dedicarsi al commercio del grano e all'acquisto di terreni, cessando qualsiasi attività a Londra.

La compagnia dei *Lord Chamberlain's Men*, intanto, aveva assunto un nuovo nome, *King's Men*, ed era stata posta sotto la protezione di Giacomo I, successore della regina Elisabetta. Come ho detto, John Florio ebbe un alto incarico a corte e intorno al 1609 scrisse quella strana commedia, *La tempesta*, che gli studiosi trovano così diversa dalle altre. Lo è per due motivi: primo perché fu scritta di sana pianta da John senza l'ausilio del padre che era morto; secondo perché è un'opera autobiografica in forma allegorica ed è la narrazione della vita dei Florio[35].

In *Shakespeare è italiano* ho dedicato un intero capitolo per dimostrarlo. Qui, invece, mi limiterò a estrapolare dal dramma soltanto una frase dal contenuto simile all'altra appena esaminata (*cuore di tigre*

---

[35] L. TASSINARI rileva il contenuto allegorico della commedia, senza approfondire.

nascosto nella pelle di un attore), solo per aggiungere un altro tassello nella ricostruzione dell'identità di Shakespeare. Il dramma narra di un padre e una figlia confinati su un'isola deserta[36]. E' stato detto, ed io sono d'accordo, che il personaggio Prospero rappresenti Michelangelo Florio, mentre la figlia Miranda, John. L'isola selvaggia sulla quale i due sbarcano è l'Inghilterra[37].

Nella storia è scritto che Prospero, avendo imparato sull'isola le arti magiche, libera dalla cavità di un albero, dove è rimasto rinchiuso per 12 anni a causa di una strega, lo spirito dell'aria *Ariel* (personificazione della fantasia). E' scritto:

> Tu, o spirito di natura gentile, non potevi ubbidire a ordini odiosi e malefici; e un giorno, al tuo rifiuto d'eseguire un comando, quella strega, aiutata dai suoi spiriti più forti, in preda ad un furore immitigabile, ti chiuse nella cavità d'un albero di pino. **Quella tana fu per dodici anni la tua prigione di dolore**[38].

Sappiamo che il nome *Shakespeare* comparve per la prima volta in *Venere e Adone* nel **1593** e Michelangelo Florio morì nel **1605**. John scelse queste due date emblematiche per rimarcare i **12** anni durante i quali i drammi dei Florio furono affidate con dolore (causato dall'impossibilità per i due italiani di rivelarsi quali veri autori), ad una compagnia. In altre parole, la fantasia (i drammi) dei Florio venne imprigionata nel corpo dell'attore che li recitò: nella metafora del dramma

---

[36] CORRADO PANZIERI afferma che Shakespeare (Florio) per descrivere il luogo abbia preso spunto dall'isola di Vulcano. Un posto davvero remoto per l'attore di Stratford, ma non per Michelangelo Florio.

[37] John Florio intende dire metaforicamente che l'Inghilterra è selvaggia dal punto di vista linguistico e culturale rispetto all'Italia.

[38] La tempesta 1, 2

l'attore è la cavità dell'albero, il contenitore o la corteccia che si mostra al pubblico, nel cui interno è nascosta la fantasia dei Florio.

XI

SONETTI E OMOSESSUALITA'

Per secoli i biografi inglesi, volendo forzatamente attribuire la paternità dei *Sonetti* all'attore di Stratford, hanno dovuto fare i conti con l'omosessualità del loro autore. Questo ha creato qualche imbarazzo, perché se da una parte con le stupende liriche d'amore gli studiosi intendevano mettere in evidenza la grandezza poetica del Bardo, dall'altra mal digerivano, per virile orgoglio, che le stesse fossero indirizzate ad un uomo. Perciò, hanno pensato di risolvere il problema minimizzando questo aspetto della personalità del poeta, oppure, come hanno fatto alcuni, trasformando per compensazione il drammaturgo in un playboy, perfetto amante di nobildonne inglesi. Se invece oggi rimettiamo i tasselli al posto giusto ed evitiamo inutili pregiudizi, tutto diventa più semplice.

Per far fronte al mistero di queste liriche, dobbiamo dare un'ultima occhiata alla biografia di Michelangelo Florio che, fuggito dalla prigione di Roma poco prima di essere giustiziato, nel 1550 si rifugia a Londra. Qui assume l'incarico di predicatore evangelico nella comunità italiana, ma compie un atto immorale con una donna che in seguito sposa e che darà alla luce John.

Seguendo un'intuizione di Paladino ed esaminando il contenuto dei *Sonetti*, ritengo che la relazione del predicatore italiano con la donna in questione fu "pianificata" da lui stesso per poter sviare l'attenzione della comunità, e soprattutto del suo protettore William Cecil, da una storia ancor più grave e pericolosa che stava per esplodere diventando di pubblico dominio.

Michelangelo, all'epoca trentaquattrenne, era caduto infatti nella rete di un legame sentimentale e omosessuale con un suo allievo, Henry Herbert, figlio del conte di Pembroke, un adolescente di 16 anni dal viso molto bello e femmineo al quale insegnava la lingua toscana.

Al ragazzo, Michelangelo dedicò dei sonetti scritti in lingua toscana, più tardi tradotti da John in perfetto inglese. Lo stesso John ne aggiunse altri da lui composti e dedicati alla futura moglie Rose (la *dark lady*)[39] nel periodo in cui la donna, sorella del suo intimo amico e poeta Samuel Daniel, sembrava refrattaria alle sue *avance* e più incline ad accettare quelle di Thomas Nashe, il poeta rivale[40].

Per secoli è rimasto ignoto il giovane destinatario delle liriche, il cui nome, come qui cercherò di dimostrare, è quello di Henry Herbert.

Michelangelo provò per tutta la vita un profondo sentimento d'amore per il suo ex allievo che sposò Mary Sidney (sorella di Philip Sidney), donna di grande cultura, poetessa e traduttrice.

Abbiamo una prima prova del legame tra maestro e allievo: Michelangelo, prima di morire, affidò a suo figlio John l'incarico di lasciare in eredità i loro 340 preziosissimi volumi a William Herbert, figlio di Henry, quest'ultimo morto quattro anni prima.

Queste conclusioni ci vengono fornite non solo dal lascito testamentario, ma dal comportamento dei personaggi citati nel corso degli anni.

---

[39] JONATHAN BATE, *The genius of Shakespeare*, Oxford University Press, 1998. La misteriosa *dark lady* secondo Bate è Rose. Nel sonetto CIX comparirebbe il suo nome.

[40] Ipotesi di SAUL GEREVINI sull'identità del poeta rivale.

Vero è che anche per i sonetti, come è accaduto con i drammi, è stata occultata o distrutta qualsiasi testimonianza scritta che porta ai Florio. Tuttavia, anche in questo caso, ci aiuta un messaggio in codice.

XII

3° MESSAGGIO IN CODICE
L'enigmatica dedica

I sonetti pubblicati dall'editore Thomas Thorpe nel 1609, nell'introduzione hanno una enigmatica dedica firmata da lui stesso, qui riportata come compare nel testo originale. A seguire, una delle tante traduzioni che troviamo nei testi di letteratura.

TO. THE. **ONLIE. BEGETTER**. OF.
THESE. INSUING. SONNETS.
Mr. W.H. ALL. HAPPINESSE.
AND. THAT. ETERNITIE.
PROMISED.
BY.
OVR. EVER-LIVING. POET.
WISHETH.
THE. WELL-WISHING.
ADVENTVRER. IN.
SETTING.
FORTH.
- T.T.

*"**All'unico ispiratore** dei seguenti sonetti, **il signor W.H,** ogni felicità e quella eternità promessa dal nostro immortale poeta augura colui che bene augurando si avventura nella pubblicazione. T.T."*

La chiave di volta per la comprensione della dedica è il termine ***begetter***, il cui significato è *procreatore*, anche se la maggior parte degli studiosi ritiene che debba essere inteso nel senso di *ispiratore*. Sembrerebbe un dettaglio trascurabile, ma non lo è.

Secondo questa interpretazione le iniziali **W. H.** si riferiscono a **W**illiam **H**erbert (figlio di Henry, il giovane allievo da me ritenuto amante di Michelangelo), oppure (invertendo le lettere) a **H**enry **W**riothesley, conte di Southampton protettore, secondo gli accademici inglesi, dell'attore venuto da Stratford. In altre parole, il poeta Shakespeare sarebbe stato *ispirato* da uno dei due nobili, con il quale avrebbe avuto una travolgente e insieme tenerissima passione omosessuale.

Va detto, per inciso, che non esistono documenti che dimostrino un legame tra l'attore e i due nobili, mentre invece il legame esiste tra i due nobili e John Florio, il vero Shakespeare, poiché di Henry Wriothesley l'Italiano fu tutore dal 1585 al 1590.

La tesi che dietro le iniziali misteriose ci sia uno dei due nobili è insostenibile secondo alcuni studiosi, perché le lettere sono precedute da **Mr.** che all'epoca stava per Master, titolo che indica indipendenza economica della persona a cui il titolo è associato, ma esclude l'appartenenza della stessa a una famiglia nobile. Altri, con *begetter* intendono *procuratore*. In questo caso la dedica dello stampatore Thorpe sarebbe per lo sconosciuto che gli aveva procurato il manoscritto dei sonetti, tesi anch'essa priva di fondamento perché contrasta con l'augurio di eternità all'interno della stessa dedica: questa non può essere fatta ad un uomo soltanto per aver consegnato delle liriche che peraltro circolavano negli ambienti letterari da diversi anni.

Fermiamoci un attimo e vediamo come i sonetti appaiono dal punto di vista formale.

E' stato rilevato che Shakespeare (noi diciamo Florio), non intervenne nella loro pubblicazione perché se gli fosse stato possibile influenzare in qualche modo la stampa, questa sarebbe stata più corretta come nei due poemetti giovanili *Venere e Adone* e *Lo stupro di Lucrezia*.

Shakespeare, inoltre, non avrebbe consentito di aggiungere alla raccolta di liriche il poemetto *Il lamento di un innamorato (A Lover's Complaint)* il cui valore è nettamente inferiore ai *Sonetti*, come appartenente ad un altro autore, oltre ad essere palesemente incompiuto. E non c'era ragione di pubblicarlo senza che fosse terminato, visto che, dicono gli studiosi, Shakespeare aveva ancora sette anni di vita (ma ritenendo Florio il vero Shakespeare, di anni di vita io dico ne aveva ancora sedici).

E allora, esclusi i due nobili e un eventuale ignoto *procuratore* dei sonetti, chi è questo misterioso **W. H.**? Prima di rispondere è interessante leggere un'informazione fornita dalla già citata studiosa britannica Frances Amelia Yates, autrice della più importante biografia su John Florio datata 1934, quando l'accesso a determinati documenti era paradossalmente più facile rispetto ad oggi:

*Nel 1609 Thorpe indirizzò a William Herbert, conte di Pembroke – **attraverso Florio** – la traduzione di una satira e a **W.H.** i Sonetti di Shakespeare*[41].

Seguendo questa informazione, i biografi sostengono che Florio consegnò su incarico dello suo amico stampatore Thomas Thorpe, due opere a William Herbert. In realtà, se facciamo attenzione, è scritto che Florio con-

---

[41] F. A. YATES, *John Florio*, op. cit., p.291

segnò a William Herbert la traduzione di una satira[42] e a **W. H.** i *Sonetti* di Shakespeare, come se fossero due persone distinte, altrimenti la Yates avrebbe scritto semplicemente che Florio consegnò la satira e i sonetti a William Herbert, senza aggiungere altro.

La studiosa ebbe un valido motivo per scrivere in questo modo. Come ho detto, fece intendere molto sommessamente, in una nota marginale del suo libro, di non escludere che nelle parole del giornalista Santi Paladino ci potesse essere un fondo di verità riguardo alla sua ipotesi sull'italianità del Bardo. La Yates, grande conoscitrice della tradizione ermetica e di Giordano Bruno, probabilmente riuscì a decifrare il contenuto della dedica dei sonetti e a chi appartenessero le misteriose iniziali. La frase, infatti, è una sorta di *lapsus* rivelatore della certezza della Yates (benché non lo abbia mai detto apertamente) che dietro il nome *Shakespeare* ci fossero i Florio. Né deve portarci fuori strada la sua affermazione che Florio consegnò a **W. H.** i sonetti di *Shakespeare*, perché potremmo anche intendere che John Florio consegnò a W. H. i propri sonetti e quelli del padre firmati *Shakespeare*, il nome d'arte che i due italiani si erano scelti.

La Yates sapeva che su quelle iniziali ruotava la *questione Shakespeare*, ma volle mantenere il silenzio, anche se intese precisare, attraverso uno stratagemma formale, che sicuramente **W. H.** non era William Herbert e neanche Henry Wriothesley, del quale non avrebbe avuto alcun problema a scrivere il nome e il cognome chiaramente .

Questo spiega perché riferendosi al destinatario della satira la studiosa scrisse il nome del nobile per intero

---

[42]JOHN HEALEY, *Discovery of a new world* .

(William Herbert), mentre riguardo ai sonetti preferì lasciare le iniziali **W. H.** senza specificare a chi appartenessero, contribuendo a perpetuare in questo modo il mistero su Shakespeare e insieme la più grande frode letteraria della storia.

E dunque, che cosa aveva scoperto la studiosa?
Iniziamo col dire che la pubblicazione dei sonetti (circolanti da tempo in manoscritto) e del poemetto inedito in possesso dei Pembroke fu richiesta dagli stessi nobili, in particolare da Mary Sidney.

La donna escluse fin dall'inizio John Florio da qualsiasi intervento sull'opera, sia in fase di correzione che di stampa. Tuttavia, il tipografo Thorpe, amico del traduttore italiano, gli chiese di scrivere la dedica, firmata poi dallo stesso Thorpe. Questi lo fece perché era a conoscenza della verità sui sonetti e di chi fossero i loro autori.

La dedica rappresenta quindi una sorta di sigillo di paternità criptato che l'Italiano volle imprimere sulle proprie liriche e quelle del padre e che qui si vuole decodificare.

Per farlo torniamo al termine *begetter* che, come abbiamo visto, nelle traduzioni italiane passa per *ispiratore* o *procuratore* (e in questo senso viene inteso anche dagli studiosi inglesi).

In realtà, come ho precisato inizialmente, vuol dire *procreatore, padre* e, in senso figurato, *autore*[43]. Inteso correttamente il termine, il significato della dedica cambia completamente perché **W. H.** diventa l'autore dei sonetti e non *ispiratore* o *procuratore*. Ma siccome l'autore dei sonetti è William Shakespeare, le iniziali

---

[43] RINA SARA VIRGILLITO traduce con *procreatore* in *Shakespeare – I Sonetti*, GTE Newton, 1988, p. 9.

dovrebbero essere **W. S.** E' evidente che qualcosa non torna. Osservando attentamente la dedica, notiamo che le parole sono intervallate da punti, in totale **30**. Anche la somma delle lettere che compongono i nomi di Michelangelo Florio ed Henry Herbert, i due amanti, è 30. Poiché ad ogni punto corrisponde una lettera, ritengo che dietro le iniziali sia nascosto non un autore, ma due, uniti come fossero una sola persona, appunto **W. H.**, sia perché amanti *procreatori* delle liriche (autore e destinatario), sia perché autori di due composizioni differenti contenuti nel libro (sonetti e poemetto). Tali iniziali, seguendo il metodo ermetico bruniano, sono state capovolte. Infatti, secondo la grafia dell'alfabeto latino classico, la **W** è una **M** capovolta, iniziale del nome **M**ichelangelo, mentre la **H**, che capovolta resta uguale a se stessa, è l'iniziale del nome **H**enry (capovolgendole si passa, simbolicamente, dall'apparenza, alla realtà e viceversa). La prima lettera fa dunque riferimento a Michelangelo, al nome di un *maestro*, *tutore*, *magister* come veniva inteso all'epoca della pubblicazione il titolo **Mr.** anteposto al nome; la seconda lettera fa riferimento al nome di un nobile (Henry Herbert Pembroke), il cui titolo è implicito nel casato di appartenenza.

Alla luce di queste considerazioni, si può capire perché John Florio inserì il termine *begetter* nella dedica: per il doppio significato di autore e padre[44].

I sonetti, infatti, furono scritti da suo padre, anche se lui li aveva tradotti e ampliati. In questo senso l'aggettivo *onlie* può anche non intendersi necessariamente con *il solo*, ma, come qualcuno ha rilevato, anche

---

[44] To beget: to procreate as the father. Nella Bibbia: 'Mehujael begat Methusael and Methusael begat Lamech' – Gen 4:18).

con *il principale*, cioè il principale autore dei sonetti fu Michelangelo Florio.

Ma c'è dell'altro. John scelse di far precedere **Mr.** al nome di suo padre perché **Magister** era il titolo che Michelangelo aveva anteposto al proprio nome nei suoi scritti pubblicati in Italia[45].

In considerazione di tutto questo, la dedica viene interpretata nel seguente modo:

Al principale autore dei seguenti sonetti, Magister Michelangelo Florio (ed Henry Herbert: autore e destinatario intesi come una sola persona), ogni felicità e quella eternità promessa dal nostro immortale poeta (Michelangelo stesso) augura colui (Thorpe) che bene augurando si avventura nella pubblicazione. T. T.

Con questa dedica John, nascondendosi dietro la firma di Thorpe, desiderò augurare al padre e a Henry Herbert, entrambi defunti, felicità eterna e l'eternità nella memoria degli uomini, la stessa che Michelangelo aveva promesso al proprio studente e amante scrivendo i *Sonetti*.

La frase della Yates assume allora un nuovo significato:

*Thorpe indirizzò a William Herbert, attraverso Florio, la traduzione di una satira e (a) i sonetti di Shakespeare procreati da **W. H**. (M. Florio e H. Herbert).*

---

[45] Il titolo **M.** (magister) compare ad esempio nell' *Apologia* di **M.** Michel Angelo Fiorentino e nella *Historia*, di **M.** Michelangelo Florio Fiorentino.

E' bene ricordare che John Florio fu in ottimi rapporti con William Herbert e suo fratello Philip, ma non altrettanto con la madre di questi, Mary Sidney Pembroke, vedova di Henry. La donna aveva sempre avuto un atteggiamento formalmente cordiale verso i Florio, ma ostile nella sostanza, non solo per l'antico e mai interrotto legame affettivo di Michelangelo con suo marito, ma anche perché, lei stessa poetessa, non sopportava che un Italiano avesse prodotto liriche di tale grandezza, tradotte magistralmente da un altro italiano che aveva persino ampliato la raccolta.

Che fosse questo il sentimento della donna verso i Florio lo si evince da un episodio emblematico.

John curò nel 1590 il romanzo *Arcadia* di Philip Sidney, fratello di Mary, morto nel 1586 combattendo nei Paesi Bassi. Quando i *Sonetti* iniziarono a circolare in manoscritto, Mary Sidney, senza che vi fosse alcuna necessità, fece rivedere l'opera al suo segretario Hugh Sanford, sostituendo in questo modo l'ottimo lavoro di John con una versione nettamente inferiore pubblicata nel 1593.

Era ancora questo il sentimento di Mary nel 1609 quando richiese la stampa dei sonetti e del poemetto *Il lamento di un innamorato,* il cui autore ritengo sia Henry Herbert Pembroke. Tuttavia la donna, paradossalmente, lo fece spinta dal rancore. Rendere pubblica la travolgente storia omosessuale rappresentava per lei una vendetta nei riguardi dei Florio e del marito defunto.

Mary, infatti, aveva 16 anni quando si era unita in matrimonio con Henry, un uomo di 38 anni convolato a nozze per la terza volta (gli altri due matrimoni annullati). Egli era poi morto lasciando la moglie con meno supporti finanziari rispetto a quanto lei aveva precedentemente immaginato. Tra le volontà di Henry Herbert vi fu la disposizione odiosa che vietava a Mary di risposarsi. Tuttavia, la donna sposò segretamente il suo medico Sir Matthew Lister, molto più giovane di lei.

Se questo era l'intento dei *Sonetti*, la cura della stampa risultava decisamente irrilevante per Mary Sidney. Anzi, la sua mediocrità fu in qualche modo desiderata e ottenuta.

XIII

4° MESSAGGIO IN CODICE
La maschera di Shakespeare

Nel 1616 l'attore di Stratford morì, ma il suo funerale passò inosservato: era infatti quello di un uomo qualunque, senza meriti e cultura. Tre anni più tardi, con la morte della regina Anna, Florio fu costretto ad abbandonare la corte: privato ingiustamente della pensione cadde in miseria.

Nel 1620 i fratelli William e Philip Pembroke, sollecitati dalla madre Mary Sidney, decisero di finanziare la pubblicazione dei drammi che John aveva scritto in collaborazione col padre. La poetessa voleva a tutti i costi che il progetto si realizzasse, al punto che lo lasciò scritto nel testamento. John Florio fu chiamato per curare la raccolta, nella quale aggiunse 18 drammi ancora inediti. Il lavoro doveva fargli guadagnare il denaro necessario per pagare alcuni debiti. La stampa del *First Folio* iniziò nel mese di agosto del 1621, ma si fermò a ottobre, poco dopo la morte di Mary Sidney. Il progetto rimase fermo per alcuni mesi, nel frattempo John fu affiancato dal drammaturgo e poeta Ben Jonson. Secondo il desiderio di Mary Sidney, che il figlio William volle esaudire dopo la scomparsa della madre, il nome *Shakespeare* doveva essere associato all'attore illetterato di Stratford. Il rancore della donna verso i Florio, manifestatosi come abbiamo visto fin dal romanzo *Arcadia* (1590) curato da John, e poi nei *Sonetti*, si riversò anche nei drammi. Pubblicandoli, i Pembroke avrebbero ottenuto due vantaggi: il prestigio per essere i promotori dell'iniziativa, e soprattutto che il nome dei Florio fosse cancellato dalle loro opere. Essi giustificarono questo atto scellerato con l'idea che il libro avrebbe potuto avere una migliore accoglienza presso i lettori se i drammi avessero avuto finalmente un volto "ufficiale" e questo volto fosse stato inglese e non italiano. John, che nel corso della sua vita aveva dato il suo contributo intellettuale a diverse opere dei suoi contemporanei senza che nelle stesse comparisse mai il suo nome, accettò la decisione dei nobili con umiltà e senza protestare, com'era nella sua natura.

Ben Jonson, uomo di fiducia dei Pembroke, si riteneva un discepolo di Florio, ma non riuscì ad evitare il proprio coinvolgimento nella grande frode ai danni del proprio maestro[46]. Egli compose, nella prefazione del *First Folio*, l'elogio per l'attore semianalfabeta, scelse i poeti per i versi da dedicargli, fece in modo che John Heminge ed Henry Condell, colleghi di teatro dell'attore, apparissero come i redattori dei drammi.

La qualità del libro, com'era accaduto nei *Sonetti*, risultò scadente, senza nessuna cura artigianale, con una inchiostrazione pessima e una carta mediocre, a differenza della raccolta delle opere dello stesso Jonson, *Works* (1616), preparata e stampata con molta cura e attenzione fin nei minimi dettagli. Ai fratelli Pembroke interessava esaudire più il volere della madre che la qualità del volume.

Sul frontespizio del *First Folio* fu posto il famoso ritratto di Martin Droeshout. Il pittore, secondo la tradizione, avrebbe inciso il volto dell'uomo di Stratford, morto sette anni prima, dietro suggerimento di Heminge

---

[46] Florio aiutò anche Ben Jonson in alcune opere, compreso il '*Volpone*'.

e Condell, facendo una sorta di *identikit*. In realtà, su richiesta di Ben Jonson, che mostrò una tardiva perplessità sulla frode letteraria in atto e in accordo con lo stesso Florio fu inciso un volto anonimo con alcuni messaggi in codice. Un messaggio, secondo E. Durning-Lawrence (1910), riguarda la testa disegnata esageratamente grande rispetto al busto, col famoso taglio che parte dall'attaccatura dei capelli fino al mento a indicare una vera e propria maschera. In questo modo si volle rappresentare, simbolicamente e ancora una volta, il contrasto tra apparenza e realtà, tra attore e autore. D'altra parte, un incisore famoso come Droeshout non poteva essere tanto incapace da non avere il senso della misura e delle proporzioni. Che le cose siano andate in questo modo è dimostrato non solo dall'apprezzamento successivo di Jonson per una incisione obiettivamente inguardabile, ma soprattutto dalle sue due frasi nell'introduzione del libro quando riferendosi all'attore scrive: **Lettore, considera non questo ritratto, ma il suo libro** e **Tu conoscevi poco latino e ancor meno il greco**, frasi semplici per rappresentare una verità talmente evidente e disarmante che continuare a discutere su chi sia in realtà Shakespeare appare quasi un'offesa all'intelligenza. Se, come afferma Jonson, Shakespeare conosceva poco latino, non si capisce come mai nei suoi drammi si contano più di 500 citazioni latine. E' chiaro che Jonson si riferisce all'attore, poiché i Florio avevano una conoscenza immensa della lingua latina.

Ma ciò che finora è sfuggito agli osservatori, e che qui si vuole evidenziare, riguarda i bottoni sul farsetto dell'uomo nel ritratto. Essi rivelano, attraverso un messaggio in codice, il nome dell'autore dei drammi. Come i 30 punti della dedica nei *Sonetti* che abbiamo visto sono pari alla somma delle lettere dei nomi Michelangelo

Florio ed Henry Herbert, i **14** bottoni che appaiono nell'incisione equivalgono alla somma delle lettere del nome **Giovanni Florio**.

Si tratta di una vera e propria firma cifrata, lo si evince dal disegno dei bottoni che rappresenta, con i petali legati al capolino centrale, ancora una volta il "fiore" di Florio.

Purtroppo, ancora oggi, la maschera viene considerata erroneamente il ritratto di Shakespeare, quello falso, ovviamente. Dell'uomo di Stratford, in realtà, si continua a ignorare il volto. Ma se è vero, come dicono gli Inglesi, che l'attore fosse in epoca elisabettiana così importante e conosciuto, non si comprende perché di lui non esistesse nel 1623 neanche un ritratto. Di John, invece, conserviamo un'incisione fatta in occasione della ristampa del suo dizionario nel 1611, mentre un altro ritratto è stato fatto sparire[47].

Il primo dramma in apertura del *First Folio* è *La tempesta,* una collocazione significativa e fortemente voluta da John, dal momento che si tratta di un'opera allegorica sulla vita dei Florio e il loro congedo dalla produzione teatrale. Il nome del protagonista in questa commedia, Prospero, inteso come *prosperità* è un'altra chiara allusione a *florido* e *Florio* [48]. La diffusione del libro non ebbe il successo sperato, tuttavia i Pembroke pagarono i debiti di John che, di conseguenza, fu verso di loro riconoscente fino alla fine dei suoi giorni.

---

[47] I Sackville avevano un ritratto di John Florio fatto dal pittore olandese Daniel Van Mytens, ritrattista di molti nobili inglesi. L'esistenza di questo ritratto, poi sparito, è testimoniata dal Conte di Dorset nel 1690.

[48] Vedi SAUL GEREVINI, op.cit.

XIV

5° e 6° MESSAGGIO IN CODICE
La pietra corvina - La Scuola della notte

Due anni dopo la pubblicazione del *First Folio*, John fece testamento. Lasciò i suoi beni alla seconda moglie Rose e alla figlia Aurelia[49]. Al conte William Herbert Pembroke donò 340 libri e un gioiello che chiama *pietra corvina*. Vediamo un passaggio del testamento:

> Allo stesso modo faccio dono a sua nobiltà il conte **la pietra Corvina (un gioiello adatto per un principe)** che Ferdinando, il Gran Duca di Toscana, mandò come prezioso dono (insieme a molti altri) alla Regina Anna di benedetta memoria. L'uso e le virtù della pietra sono **scritti in due pezzi di carta**, sia in Italiano che in Inglese e racchiusi in una piccola scatola insieme alla pietra.

Le virtù della pietra le apprendiamo dal dizionario dello stesso Florio nel 1598. Alla voce *Corvina* è scritto:

> **Corvia, Corvina**, una pietra con molte virtù, trovata nel nido di un corvo, e **portata colà dal corvo**, con lo scopo che, se in sua assenza un uomo **ha bollito le sue uova** nell'acqua riponendole poi nel nido, il corvo può ridare a loro di nuovo la vita.

Sembra una definizione davvero strana. Va detto, intanto, che nel periodo esaminato era viva una mistica legata al simbolismo di una mitica pietra nera dalle proprietà eccezionali e che i sapienti arabi ricercavano una pietra alchemica per assicurarsi l'immortalità.

---

[49] Anche la prima moglie si chiamava Rose. John perse anche due figli durante le ricorrenti epidemie di peste.

Certamente la pietra nera di cui si parla nel testamento non era poi così "miracolosa" se il Gran Duca di Toscana la regalò (insieme a molti altri doni) alla regina Anna e questa a John Florio. Era semplicemente, come scrive Florio, *un gioiello adatto per un principe.*

Tuttavia, leggendo le virtù riportate nel dizionario mi chiedo quale utilità potesse avere una pietra che ridava la vita alle uova bollite di un corvo e perché qualcuno avrebbe dovuto bollirle e poi riporle nuovamente nel nido. Sembrerebbe una definizione priva di senso, ma John sembra dare alla pietra molta importanza, al di là del valore economico. Inoltre, invece di lasciarla alla sua amata moglie Rose, la donò insieme ai 340 libri al conte Pembroke, chiusa in una scatola e accompagnata da due pezzi di carta sui quali, in italiano e in inglese, sono riportate le sue virtù. Perché? Vediamo di rispondere a questi interrogativi.

In primo luogo va chiarito che la definizione della pietra sarebbe effettivamente priva di logica se in essa non vi fosse, come io credo, un contenuto da decifrare. Anzi, è la sua apparente illogicità la prova di ciò che qui si vuole sostenere.

Proprio perché si trovò a redigere il suo testamento, Florio approfittò della pietra per "lanciare" il suo ultimo messaggio.

Due anni prima era avvenuta la pubblicazione del *First Folio,* attraverso il quale, come abbiamo visto, le opere dei Florio erano state trasferite all'illetterato attore di Stratford. Florio aveva accettato la macchinazione attuata dai Pembroke in collaborazione con Ben Jonson per diversi motivi, non ultimo quello economico.

Col trascorrere dei mesi l'Italiano cominciò a sentire che l'ambigua operazione avrebbe potuto cancellare definitivamente dai drammi il nome dei Florio. Tale timore lo indusse a lasciare ancora una volta un indizio sulla vera identità di Shakespeare. Il messaggio venne dato attraverso la pietra nera e due foglietti. Ragioniamo. Il colore nero della pietra richiama il colore nero della *Scuola della notte* citata da Shakespeare nella sua commedia *Pene d'amor perdute*. Di che si tratta?

La ***Scuola della notte*** fu un circolo culturale esoterico di cui fecero parte le più grandi menti dell'epoca elisabettiana, compreso Florio[50]. L'intento dei partecipanti era quello di dare risposte in piena libertà sugli aspetti più oscuri dell'esistenza. Più tardi diversi membri con legami rosacrociani[51] e lo stesso Florio si adoperarono per la creazione di uno Stato in cui fossero bandite la disuguaglianza e il sopruso e si desse grande importanza alla cultura e al pensiero libero, progetto in contrasto con la Chiesa, sia Cattolica che Protestante. Le speranze di un regno rosacrociano, espresse nella commedia suddetta e successivamente ne *La tempesta*, furono riposte dai rosacrociani nel matrimonio tra Elisabetta, figlia di Giacomo I e studentessa di Florio, e il principe Federico, l'Elettore palatino, matrimonio celebrato nel 1611. La reazione del Papato e la guerra dei Trent'anni posero fine al progetto di un rinnovamento politico e spirituale dell'Europa che doveva partire proprio dalla corte di Federico insediata a Heidelberg.

---

[50] Scuola fondata dall'esploratore e cortigiano W. Raleigh e influenzata da G.Bruno. Di essa fecero parte anche C. Marlowe, P. Sidney, E. Blount, W. Warner, R. Fludd, G. Chapman, F. Drake, T. Harriot, M. Drayton. La loro associazione durò 36 anni, più o meno dal 1581 al 1618, quando Releigh morì.

[51] Rosacroce. Leggendario ordine segreto di cui si cominciò a parlare in Germania agli inizi del 17° sec. in relazione alle romanzesche avventure di un certo Christian Rosenkreuz, vissuto nel 15° sec., che sarebbe stato iniziato in Oriente a tutti i misteri e avrebbe progettato una riforma del mondo.

In *Pene d'amor perdute* compare il personaggio **Oloferne** identificato dalla critica inglese con John Florio. All'interno del dramma Oloferne recita l'importante filastrocca riportata nell'introduzione del presente lavoro quale esempio di messaggio in codice.

Poiché nella commedia viene presentato come un personaggio da deridere, per gli Inglesi sarebbe la prova che Shakespeare e Florio sono due persone distinte.

In realtà non è così, perché Shakespeare (Florio) ridicolizzando Oloferne intende ridicolizzare se stesso. Il motivo per il quale un autore si rende volutamente ridicolo e inaffidabile è stato spiegato attraverso l'*auto-contraddizione intenzionale*, una tecnica usata da diversi autori del passato per mantenere la segretezza su determinati argomenti con alcuni lettori e al tempo stesso stimolare altri lettori all'indagine[52]. Socrate stesso, sotto una corteccia pedagogicamente ridicola, ordinaria e buffonesca nascondeva inestimabili tesori.

In altre parole il personaggio Oloferne, con cui Shakespeare/Florio rappresenta se stesso, auto-contraddicendosi intenzionalmente parla e si comporta in modo tale che per i molti che ascoltano sia una persona da deridere, al contrario dei pochi in grado di raccogliere il suo messaggio.

Voglio ricordare ancora una volta che Florio per due anni visse con Giordano Bruno sotto lo stesso tetto nell'ambasciata francese e apprese molto del suo ermetismo.

Fatta questa premessa, torniamo alla pietra corvina e alle uova del corvo. John conosceva bene l'espressione

---

[52] Auto-contraddizione intenzionale rilevata da G. SACERDOTI.

atanor [53], termine alchemico ed ermetico designante un fornello nel mezzo del quale, in un recipiente a forma di uovo, veniva messa ed ermeticamente chiusa la materia da cui si doveva trarre, dopo un processo di rimescolamento e riscaldamento, la *Pietra filosofale*.

Ma, badate bene, tale procedimento era soprattutto una metafora e descriveva il percorso che portava un uomo normale a potenziare le proprie capacità fino alla sua completa trasformazione. In altre parole, la materia nell'uovo dell'*atanor* rappresentava simbolicamente un nuovo embrione umano pronto alla rinascita; la chiusura ermetica indicava l'assoluto isolamento dal mondo sensibile; il fuoco che investiva da tutte le parti il crogiolo era il simbolo del potere mentale diretto a staccare la coscienza dell'uomo dal proprio corpo animale.

Alla luce di quanto si è fin qui detto, possiamo trarre le prime conclusioni. Torniamo alla commedia *Pene d'amor perdute* e alla frase enigmatica in cui si accenna all'esistenza di una *Scuola della notte*, per noi altro importante messaggio in codice:

O paradosso! Nero è l'emblema dell'**inferno**, il colore delle **segrete** e nera è la ***Scuola della notte***; mentre il cimiero della bellezza ben s'accorda coi cieli (4, 3).

Qui Shakespeare/Florio si serve del simbolismo dell'*atanor* per descrivere le caratteristiche e il funzionamento della *Scuola della Notte* di cui faceva parte. Infatti, l'inferno rimanda simbolicamente alle **fiamme** che riscaldano **il crogiolo a forma di uovo** (le segrete, sotterranei accessibili solo agli adepti), all'interno del

---

[53] Termine usato per la prima volta da RAIMONDO LULLO morto nel 1315. Il termine deriva dall'ebraico *tannūt* " fornace", preceduto dall'articolo *ha-*.

quale è posta **la materia alchemica** (i membri della *Scuola della notte*).

In altre parole, ogni membro della *Scuola della notte* metteva segretamente a disposizione il fuoco della propria mente (intelligenza e cultura) che si mescolava col fuoco della mente degli altri adepti dentro una sorta di crogiolo riscaldato dalla somma dei poteri mentali.

Il risultato finale era la realizzazione di un uomo nuovo, il *Filosofo* possessore della *vera* conoscenza liberata dalle incrostazioni e gli errori dovuti ai legami della coscienza al proprio corpo animale.

E' evidente che dalla libera discussione e dall'interazione culturale tra gli adepti, potevano venire fuori concetti pericolosi che contrastavano con la tradizione e i dogmi religiosi e chi li diffondeva poteva essere accusato di stregoneria e ateismo, come avvenne con Giordano Bruno o i sostenitori della teoria copernicana.

Era questo il contesto in cui si muovevano gli intellettuali nel XVI secolo e si capisce perché in alcuni scritti, compresi quelli di Shakespeare o Florio che sia, venivano inseriti messaggi in codice che solo pochi potevano decodificare.

Oggi è un fatto più che normale affermare che il singolo studioso, lo scienziato, entrando nell' "uovo" della comunità scientifica debba lasciar *mescolare* la propria intelligenza con quella degli altri studiosi al fine di acquisire una maggiore conoscenza del mondo e dell'uomo, svincolandolo sempre più dalla sua componente animale (la superstizione e le false credenze).

Tornando al gioiello di Florio inserito nel testamento, ricordiamo che l'Italiano nel 1593 era stato definito da Greene *corvo rapace*: "corvo" per la sua carnagione scura, mediterranea, "rapace" perché si era appropriato (secondo Greene) delle opere altrui.

A Florio, in quanto membro della *Scuola della notte*, probabilmente non fu sgradito tale soprannome dal momento che il nero era il colore simbolo della scuola a cui apparteneva e in alchimia rappresentava l'inizio del cammino verso la trasmutazione di cui si è parlato.

L'Italiano si servì del soprannome per lanciare un messaggio in codice sulla propria identità di drammaturgo già nel suo dizionario del 1598, dove è scritto che la pietra corvina (pietra filosofale) **ha molte virtù.** Quali siano queste virtù lo abbiamo appena visto poiché la pietra rappresenta simbolicamente l'uomo rinnovato, il filosofo, con la sua cultura e la *nuova* conoscenza.

Tale pietra, continua la definizione, è stata **trovata nel nido di un corvo e portata colà dal corvo**, cioè John ha portato la propria conoscenza ermetica, acquisita grazie allo scambio del "fuoco intellettuale" con altri adepti della *Scuola della notte*, all'interno del proprio nido, in un ambito familiare che comprendeva anche Michelangelo Florio, con cui aveva interagito e continuava a farlo scrivendo i drammi anonimi.

Mi fermo un attimo per dire che il messaggio riguarda proprio le opere teatrali, altrimenti non sarebbe ermetico.

Se in assenza del **corvo** (John), **un uomo ha bollito le sue uova nell'acqua**, cioè qualcuno si è servito del prodotto della *nuova* conoscenza dei Florio, cioè i drammi (uova) e li ha modificati o alterati, **riponendo le uova nel nido** (riportando i drammi ai loro autori), il corvo **può ridare loro la vita** (renderli com'erano originariamente).

La preoccupazione di John era reale perché in quegli anni i suoi drammi, una volta consegnati alla compagnia dei *Lord Chamberlein's Men*, avevano subito rimaneggiamenti da parte degli attori e dei tipografi senza che lui potesse intervenire per i motivi di cui abbiamo già parlato. Ecco perché nel 1598 (ma anche prima, visto che la stesura del dizionario era iniziata negli anni precedenti) sentì la necessità di lanciare un messaggio per spiegare la sua situazione ai pochi in grado di capire.

Alcuni possono ritenere improbabile quanto fin qui sostenuto obiettando che la voce *Corvina*, all'interno di un dizionario con altri 70.000 termini, non poteva che passare inosservata. Non è così, perché essa è strettamente legata alla voce *Corvo*, come abbiamo visto un termine importante in campo ermetico e quindi ricercato da coloro a cui il messaggio era indirizzato[54].

Florio aveva dunque già inserito nel suo dizionario la definizione di *Corvina* quando alcuni anni dopo ebbe in dono dalla regina un gioiello proveniente dalla Toscana, come ricompensa per il suo impegno nella preparazione del matrimonio della figlia nel 1611. L'Italiano lo conservò fino al momento del testamento del 1625 quando avvertì la necessità, dopo quanto era accaduto con Ben Jonson e i Pembroke, di lasciare il suo ultimo messaggio in merito alla vera identità di Shakespeare e alla produzione dei drammi.

Per farlo approfittò del gioiello avuto precedentemente in regalo che chiamò *pietra corvina* per poterlo legare al messaggio in codice che lui stesso aveva dato nel dizionario 27 anni prima e che in realtà nulla aveva a che fare col proprio gioiello.

---

[54] Sappiamo, dai testi alchemici ed esoterici, quanto segue: se la materia nell'atanor subiva un processo di riscaldamento forte e veloce l'operazione si diceva eseguita secondo la via secca e il simbolo impiegato negli scritti era **il corvo**; in alternativa alla via secca esisteva quella definita umida che avveniva in un tempo più lungo e con un riscaldamento lento. In questo caso l'animale utilizzato per la metafora era il rospo.

Nel testamento il messaggio era, come ho detto, per il conte Pembroke e i suoi discendenti perché, nell'ingenuità di John, vigilassero in futuro sulle opere dei Florio, avendo la nobile famiglia ricevuto in eredità, insieme ai 340 libri, anche i manoscritti dei drammi.

Detto questo, si comprende perché l'Italiano ci tenesse tanto a inserire la pietra nel testamento in favore dei Pembroke: perché si trattava di riproporre il messaggio in codice sulla vera identità di Shakespeare, una sorta di testamento nel testamento.

Egli, inoltre, ripose il gioiello in una scatola accompagnandola non con uno, ma due foglietti in versione italiana e inglese, altro elemento simbolico ed ermetico dietro il quale si coglie la verità sulla produzione della maggior parte dei drammi nella doppia versione italiana e inglese e frutto della collaborazione di due persone, i Florio, padre e figlio.

XV

7° MESSAGGIO IN CODICE
La voce *Florio* nel Dizionario

Nel Dizionario di Florio del 1598 alla lettera 'f' compare la voce Florio, proprio come il cognome del suo autore. E' scritto:

Florio: è un tipo di **uccello,** che tra lui e il **cavallo** c'è un'**antipatia** tale, che se l'uccello fischia, il cavallo comincia a scappare via confuso.

Anche questa è una definizione apparentemente strana. In realtà si tratta di un altro messaggio in codice attraverso il quale il traduttore italiano ci fa capire, al momento della stesura del dizionario, il rapporto che c'era tra lui e l'attore di Stratford.

Che Florio fosse *un tipo di uccello* lo abbiamo visto dalla definizione di Greene, che aveva definito l'Italiano *corvo*, un appellativo che il traduttore non aveva rigettato ma, al contrario, fatto proprio per i motivi già esaminati.

La definizione continua e recita che tra Florio e il cavallo *c'è antipatia*. Se Florio è l'uccello, chi è il cavallo?

Tra gli avvenimenti banali nella biografia dell'attore di Stratford troviamo che appena giunto a Londra fu guardiano di cavalli all'ingresso di un teatro[55].

---

[55] Così asserisce WILLIAM DAVENANT.

Un uomo viene sovente identificato col proprio mestiere, come in questo caso. Il cavallo è dunque, secondo John Florio, l'attore di Stratford.

L'Italiano intende chiarire che sebbene ci fosse una sorta di collaborazione con l'attore e finanziatore della compagnia dei *Lord Chamberlain's Men* in quanto destinatario dei suoi drammi, il sentimento dominante verso costui era l'antipatia. Tant'è che se **l'uccello fischia**, cioè se Florio racconta la verità su chi sia in realtà l'autore delle opere, il cavallo (l'attore) *comincia a scappare via confuso*.

8° MESSAGGIO IN CODICE
Orige, la bestia selvaggia

Sempre nel *Dizionario* troviamo la voce Orige, la cui interpretazione rivela la parte più in ombra di Shakespeare/Florio e la grande influenza di Giordano Bruno sul pensiero del drammaturgo. E' scritto:

Orige: una bestia selvaggia in Egitto. E' come una capra, con gli zoccoli spaccati, con un grande corno nella fronte, il suo pelo contrario alle altre capre, che dicono stia tutto dritto contro Sirio quando sorge, come se, starnutendo, la stia adorando.

Per poter decifrare questo messaggio in codice occorre una premessa. Come si è detto, Giordano Bruno e John Florio furono legati da una sincera amicizia. Immaginate quanti e quali discorsi abbiano potuto affrontare due italiani di così grande cultura. Trascorrevano molto tempo insieme, anche perché il Nolano, conoscendo poco l'Inglese, aveva bisogno di un traduttore negli spostamenti per Londra e durante le lezioni che tenne a Oxford.

John partecipò ad una famosa cena raccontata da Bruno ne *La cena delle ceneri*, una delle cinque opere da lui pubblicate nella città inglese. In essa il filosofo si fa chiamare *Teofilo* (amante di Dio), mentre John è nominato *messer* Florio.

Nel libro Bruno difende Copernico e la teoria eliocentrica secondo cui è la Terra a girare intorno al sole, contro due ottusi dottori aristotelici di Oxford che seguendo la tradizione affermavano il contrario.

Voglio ricordare che Florio compare anche in un'altra opera del Nolano col nome **Eliotropo** (girasole)[56].

Giordano Bruno, che dall'arcivescovo di Canterbury fu definito sprezzantemente e con invidia *omiciattolo italiano con un nome più lungo del suo corpo,* dette del filo da torcere agli Inglesi che si confrontarono con lui nelle dispute culturali.

Difendendo Copernico, che si era limitato a sostituire il geocentrismo con l'eliocentrismo, Bruno intuì l'universo infinito, senza limiti e con innumerevoli mondi, tesi che portò avanti attraverso testi, conferenze e dibattiti in tutta Europa, ma che non trovò consensi nel mondo della religione, della scienza, dell'astrologia. Questo perché la Chiesa romana voleva difendere a tutti i costi l'immagine greco-medievale del mondo e in particolare l'autorità di Aristotele, con le cui dottrine fisiche, biologiche e filosofiche si identificava l'immagine biblica del mondo.

Per spiegare il rapporto tra Dio e l'universo, quest'ultimo visto come un grande essere vivente, il Nolano si servì di un esempio già usato da Aristotele. Il rapporto tra Dio e il mondo, disse, è lo stesso rapporto che c'è tra lo scultore e la statua. Conoscendo la sua opera, conosco in qualche modo anche lo scultore, anche se non totalmente perché nella statua lo scultore ci mette una parte di sé, non tutto se stesso: rimane una parte non conoscibile. In altre parole, il mondo è una creazione di Dio, ma ciò non significa che Dio sia tutto nel mondo. Come filosofo, disse Bruno, posso conosce-

---

[56] Nel *De la causa, principio et uno.*

re solo ciò che Dio ha messo di sé nel mondo, non posso conoscere tutto Dio, perché la ragione non può arrivare a tanto.

Quella di Bruno è una concezione panteistica dell'universo perché Dio è ovunque e l'uomo non ha privilegi e non è al centro di qualcosa, perché nell'infinito non c'è centro e ogni essere, anche un pidocchio o un verme, è centro del suo mondo.

Una filosofia che portò il Nolano a irridere le religioni dell'Occidente. Queste, secondo lui, avevano lo scopo di ordinare la vita morale degli uomini ed erano rivolte non ai filosofi che conoscevano il bene e il male, ma ai popoli rozzi e ignoranti che avevano bisogno di essere governati e diretti. Ebraismo e Cristianesimo secondo Bruno avevano allontanato la divinità dal mondo e dagli uomini, relegandola nella trascendenza. Dal loro errore era disceso un ordine sociale e politico corrotto e l'impotenza di fronte alla natura. La figura di Cristo fu da Bruno sbeffeggiata ne *Lo spaccio de la bestia trionfante*, dove venne identificata prima in Orione, quindi nel centauro Chirone, mezzo uomo e mezza bestia. Lutero e Calvino, secondo il filosofo, erano riusciti a rendere il Cristianesimo peggiore, esasperandone gli aspetti più negativi.

Bruno lodò invece l'antica religione egiziana fondata sul principio che la natura non è altro che Dio nelle cose e attraverso queste ci si può a lui avvicinare. Le divinità egizie erano umane e animali e in questo Bruno vedeva una rappresentazione simbolica delle proprie idee. Secondo Bruno l'uomo che ricerca la natura trova la divinità e alla fine scopre che questa natura-divinità non è altro che lui stesso[57].

Gli Egizi, mediante operazioni dell'intelletto e dell'immaginazione, erano stati in grado di entrare in comunicazione col divino, che Bruno vedeva come il Bene supremo, la prima Verità, l'Uno neoplatonico ed era convinto che l'antica **religione egiziana fosse alla base delle religioni solari, tra cui il cristianesimo**.

Fatta questa premessa, torniamo alla definizione, un omaggio di Florio a Bruno che all'epoca era nelle prigioni romane e sottoposto alla tortura degli inquisitori. Nella frase, ancora una volta apparentemente priva di senso, vengono riprese le tesi del Nolano e la sua visione del mondo.

Orige, infatti, sta per Origene, considerato uno tra i principali scrittori e teologi cristiani dei primi tre secoli, ideatore del primo grande sistema di filosofia cristiana. Si oppose a Celso, un filosofo del II secolo, autore del *Discorso Vero*. Celso si era scagliato contro la religione cristiana ed ebraica affermando che il cristianesimo non troverebbe fondamento nelle profezie dell'Antico testamento e l'idea della resurrezione di Gesù che si è manifestata solo ad alcuni suoi adepti sarebbe una falsità, come anche l'idea di un'incarnazione di Dio, perché la razza umana a suo parere non era tanto superiore alle api, alle formiche e agli elefanti da essere protagonista di questo esclusivo rapporto con il proprio preteso creatore. Il dio dei cristiani, aveva rilevato lo scrittore pagano, consola i malvagi e respinge coloro che non fanno niente di male. Questo era per lui il colmo dell'ingiustizia. Al contrario, l'ambiente dei riti misteri-

---

[57] E' il mito di Atteone riproposto da Bruno per spiegare il suo pensiero.

ci era degno di ben altra considerazione perché accoglieva nella sua cerchia ristretta solo i puri, gli esenti da colpe e delitti.

Come si può notare, la critica di Celso alla religione cristiana non si distanziava molto da quella di Bruno. Florio sceglie Origine proprio per la sua opposizione a Celso.

Il Cristianesimo è dunque rappresentato da Origene (**Orige**), definito *una bestia selvaggia,* bestia perché Florio intende richiamare all'attenzione dei destinatari del messaggio lo scritto di Bruno *Lo spaccio della bestia trionfante.* Come è noto le bestie trionfanti sono per il filosofo i segni delle costellazioni celesti, rappresentanti animali che secondo il Nolano occorre *spacciare,* cioè cacciare dal cielo in quanto rappresentano vecchi vizi che è tempo di sostituire con moderne virtù: la sincerità, la semplicità e la verità.

Bisogna ribaltare le concezioni morali che si sono ormai imposte nel mondo, secondo le quali credere senza riflettere è sapienza, dove le imposture umane sono fatte passare per consigli divini, l'onore è posto nelle ricchezze, la giustizia nella tirannia.

Sono concetti che Shakespeare/Florio assimila e riporta nei suoi drammi, in particolare nella commedia *La tempesta.*

Come si è detto, secondo Bruno, e quindi secondo Florio che del Nolano accetta parzialmente le conclusioni, il Cristianesimo è responsabile della crisi della società perché già Paolo operò il rovesciamento dei valori naturali e la Riforma fece il resto. Nella nuova gerarchia di valori il primo posto spetta alla *verità,* cui seguono altri valori.

Dunque Orige (Origene) è una *bestia* perché è colui che pone le basi filosofiche atte ad esaltare i vizi condannati a suo tempo da Celso e ora da Bruno. Questa bestia *è come una capra, con gli zoccoli spaccati*, una frase che sposta la critica di Bruno sull'Ebraismo, pieno di precetti inutili e dannosi. La capra con gli zoccoli spaccati la troviamo nell'Antico Testamento, laddove si proibisce agli uomini di mangiare animali ritenuti abominevoli, al contrario di altri che si possono mangiare tranquillamente. Tra gli animali commestibili troviamo la capra e ogni animale che ha *lo zoccolo spaccato* e diviso in due unghie ed è ruminante[58].

Andiamo avanti con l'interpretazione. La bestia, simile alla capra, ha *un grande corno nella fronte*, frase che sottintende il mito della capra Amaltea che allattò Zeus. Il mito racconta che un giorno mentre Zeus si divertiva a cavalcare la capra, attaccandosi con molto vigore ad un corno finì per spezzarlo. La giovane ninfa Melissa ebbe pietà della capra e ne curò la ferita. Zeus per ringraziarla prese il corno spezzato, vuoto all'interno, e lo regalò a Melissa promettendole che da quel corno miracoloso sarebbe scaturito fuori ogni cosa che il suo possessore avesse desiderato. Questo è appunto il corno dell'abbondanza o *Cornucopia*.

Il perché della citazione del mito è comprensibile: Florio, come Bruno, intende condannare la ricchezza, il potere e la corruzione generati dall'Ebraismo e dal Cristianesimo, qui rappresentati dalle due corna della capra, poi diventati uno. In particolare, la ricchezza ha corrotto il Cristianesimo (il corno spezzato).

---

[58] Tuttavia tra i ruminanti e tra quelli che hanno lo zoccolo spaccato e diviso, non si possono mangiare il cammello, la lepre ecc., perché ruminano, ma non hanno lo zoccolo spaccato, e quindi impuri. E' impuro anche il porco che, sebbene abbia lo zoccolo spaccato, non rumina. Non solo non bisogna mangiare le carni degli animali impuri, ma neanche toccare i loro cadaveri (Deteuronomio, 14, 3-8).

Il mito racconta pure che la capra fu trasformata da Zeus in costellazione e dalle costellazioni, come abbiamo visto, parte la critica di Bruno nell'opera citata *Lo spaccio della bestia trionfante*.

Procediamo. La bestia si trova in Egitto e il suo pelo è *tutto dritto contro **Sirio** quando sorge, come se, starnutendo, la stia adorando*.

Le testimonianze del culto di Sirio risalgono all'antico Egitto, culto che tramite i Fenici giunse ai Greci e poi ai Romani. Sirio, la stella lucente, fu spesso identificata col sole[59].

John Florio riporta il pensiero di Bruno secondo cui l'origine del Cristianesimo sarebbe riconducibile all'*Eliolatria*, cioè l'adorazione del Sole, cui gran parte delle più importanti religioni antiche si collegherebbero.

In altre parole, la bestia Orige simboleggia le religioni ebraica e cristiana che hanno origini lontane nel culto di Sirio. Bruno sapeva che Papa Leone I, ancora nel V secolo, aveva messo in guardia la comunità romana da un aperto culto del Sole rimproverando quei fedeli cristiani che si prosternavano davanti all'astro nascente implorandolo ad aver pietà di loro[60].

---

[59] Col nome **Sirio** i Greci designarono una delle stelle dell'emisfero meridionale, la cui comparsa coincideva con l'inizio dei grandi calori estivi. Il nome si trova, già in Esiodo, usato come appellativo del Sole, dei pianeti o di altre stelle, e anche, più spesso, per designare espressamente quella lucente stella che anche oggi così si chiama. Sul mito greco relativo a Sirio hanno certamente influito - probabilmente per il tramite dei Fenici - idee e credenze egiziane. I Greci identificarono Sirio con Iside. Nelle rappresentazioni figurate dell'orizzonte celeste, la figura di Sirio è contrassegnata dalla corona raggiata (ENCICLOPEDIA TRECCANI).

[60] Nello stesso contesto in cui riferisce del **culto al sole** (sermone 27, 3-5), Papa Leone I considera lacci del demonio sia gli inganni quali la lussuria, la cupidigia, l'ira, l'invidia, sia quelle che egli chiama le sue

Andando avanti con la definizione troviamo che il pelo di Orige *dicono stia tutto dritto contro Sirio quando sorge*: il Vangelo riporta la consuetudine dei farisei di pregare in piedi, cioè dritti (*il pelo dritto*), ma in generale la tradizione dell'Antico Testamento conosce questo modo di pregare, cerimoniale liturgico che si estese anche ai Cristiani[61].

L'atto dello *starnutire* della bestia Orige, indica, invece, l'atto di prostrazione dell'ebreo. La sua preghiera davanti al Muro Occidentale (Muro del Pianto) presuppone, infatti, continui movimenti della parte superiore del corpo, come se stia starnutendo.

Infine, *il suo pelo contrario alle altre capre*, indica come il culto del Sole fu intrapreso in Egitto da Amenofi IV e rappresentò la prima forma di monoteismo, *contrario* alle altre capre, cioè alle altre religioni esistenti, tutte politeistiche[62].

Florio fu probabilmente suggestionato dall'ipotesi sull'origine egizia delle due grandi fedi monoteistiche, Islamismo compreso. Queste convinzioni, che partivano da lontano ed erano state portate avanti dal pensiero ermetico, nel XVI secolo non potevano essere espresse se non attraverso un messaggio in codice[63].

---

arti: le diverse espressioni della magia, la divinazione, lo spiritismo, l'astrologia (Enciclopedia Treccani).

[61] "Amano pregare stando ritti nella sinagoga" (Mt 6,5)

[62] Amenofi IV (1377-1358 a.C.), detto *Ekhnaton* (piace ad Aton), impose l'adorazione di un unico dio, il disco solare Aton, dando il via a una radicale riforma religiosa (Enciclopedia Treccani).

[63] Nella traduzione dei *Saggi* di MONTAIGNE Florio scrive: "Il mio amico Nolano mi ha detto, ed insegnato pubblicamente, che dalle traduzioni sono nate tutte le scienze". In altre parole, filosofia, grammatica, retorica, logica, aritmetica geometria, astronomia, musica, matematica sono scienze che provengono dagli antichi greci, e i Greci attinsero a loro volta dagli Egiziani, dagli Ebrei, dai Caldei. E' chiaro

Voglio ricordare che John lesse tutti i libri del Nolano per poter compilare il suo dizionario, all'interno del quale inserì anche termini napoletani. Inoltre, come si è detto, le questioni religiose erano state ampiamente discusse dai due italiani durante il periodo di comune permanenza nell'ambasciata francese, le stesse portate anche all'interno della *Scuola della notte*. Chi le professava pubblicamente veniva accusato di eresia, con tutto ciò che l'accusa comportava, ossia la prigione e la condanna al rogo.

Tuttavia l'Italiano, come aveva fatto nella sua precedente opera *Secondi frutti*, volle ugualmente difendere l'amico nolano. Lo fece a volte apertamente o, come abbiamo visto, in modo criptato, secondo il grado di pericolosità delle idee espresse. Non era facile per Florio, data l'educazione religiosa ricevuta dal padre Michelangelo e dal teologo Pier Paolo Vergerio, difendere Bruno. Questi aveva addirittura ammesso di aver preso l'abito domenicano non per vocazione religiosa, ma per avere la possibilità di studiare, essendo di umili origini.

Anche Michelangelo Florio, ex frate francescano che in seguito aderì alla teoria antitrinitaria, credeva nell'esistenza di un unico Dio ed era convinto che un uomo debba essere lasciato libero di rivolgere la propria fede nel rispetto della personale religiosità, sensibilità ed esperienza, senza costrizioni. Per questo, da spirito libero, non accettò mai completamente le imposizioni dogmatiche, protestanti o cattoliche che fossero. Avendo sopportato le torture nella prigione romana da parte degli inquisitori e sotto l'influenza degli scritti del No-

---

che, secondo Bruno, molti errori sono nati dalle cattive traduzioni: in particolare i teologi hanno inventato le più grandi assurdità.

lano, probabilmente subì la stessa suggestione del figlio John [64].

Mi fermo un attimo per dire che non esiste traccia di un rapporto diretto tra Bruno e l'attore di Stratford. Questi, all'epoca del soggiorno inglese del Nolano, era un diciannovenne non ancora emigrato a Londra. Inoltre, Bruno conosceva poco l'inglese mentre l'attore ci risulta che non abbia mai proferito altra lingua oltre la propria.

Tornando alla religiosità dei Florio, si è parlato di suggestione o influenza bruniane che portarono all'interno dei drammi. Tuttavia i Florio non ripudiarono *in toto* il Cristianesimo.

Dopo quanto si è detto, si comprende perché Bruno chiamò John Florio *Eliotropo*[65] (girasole), un appellativo per rammentargli, ironicamente e bonariamente, l'origine lontana della religione cristiana alla quale il traduttore era stato educato, religione, come abbiamo visto, risalente agli Egizi e alla loro adorazione della stella Sirio o del sole. In altre parole, Bruno volle rammentare al traduttore che, in quanto cristiano, adorando Cristo adorava il sole, proprio come sembra fare un girasole costantemente rivolto verso la luce dell'astro.

Florio, come risposta, altrettanto amichevolmente inserì la visione del mondo di Bruno nel dizionario at-

---

[64] Così BRUNO nel *De l'infinito, universo e mondi*: "Io dico l'universo tutto infinito, perché non ha margine, termine, né superficie. Onde possiamo stimare che delle stelle innumerabili sono altre tante lune, altri tanti globi terrestri, altri tanti mondi simili a questo". SHAKE-SPEARE/FLORIO scrive: "Dio, potrei essere confinato in un guscio di noce, e sentirmi re dello spazio infinito, se non facessi cattivi sogni" (Amleto 2,2).

[65] Eliotropio o Elitropio dal greco heliotropion: che si volge (dal verbo trépein), verso il sole (helios)

traverso la voce *Orige* e scelse di porre il girasole nel proprio stemma.

Tuttavia, i Florio continuarono a professare il Cristianesimo e, in ogni caso, non poterono farne a meno perché la religione costituiva una parte preponderante del loro bagaglio culturale.

Quanto fin qui si è sostenuto spiega la strana religiosità che emerge dalle opere di Shakespeare.

Gli studiosi oggi ritengono che la mente di Shakespeare/Florio sia impregnata di sacre scritture che emergono, forse anche inconsapevolmente, dai brani delle opere, proprio come se l'autore fosse una persona professionalmente alle prese quotidiane con i testi dei Vangeli, com'era appunto Michelangelo Florio [66]. La Bibbia nei Florio appare non tanto e non solo come testo religioso, ma come miniera di parole, di immagini, di idee, insomma come un'immensa risorsa letteraria [67].

---

[66] Vedi PIERO BOITANI *Il Vangelo secondo Shakespeare*, Mulino Editore, Bologna, 2009

[67] L'attore di Stratford aveva una conoscenza della Bibbia pari a qualsiasi altro abitante del paese. Da piccolo, al contrario di quanto sostengono gli Inglesi, non può essere stato esposto a letture bibliche perché in casa nessuno sapeva leggere o scrivere. Inoltre, anche se avesse assistito a due messe al giorno, mattina e sera, per anni, non avrebbe potuto acquisire quella cultura biblica riscontrata nei drammi, poiché il materiale liturgico in uso all'epoca non includeva tanti testi che si ritrovano citati nelle opere o che le hanno chiaramente ispirate (vedi L. TASSINARI, op. cit. pag. 238).

XVII

I 340 LIBRI DEI FLORIO

Siamo giunti alla fine del nostro percorso. Quando John Florio due anni dopo la raccolta delle sue opere nel *First Folio* morì, iniziò il percorso che ha portato a quella che abbiamo definito la più grande frode letteraria della storia. In quegli anni l'Inghilterra iniziava a decollare come potenza europea e aveva bisogno un grande autore, un simbolo culturale della nazione che ovviamente non poteva essere italiano.

Nel corso degli anni, come abbiamo visto, furono gradualmente nascosti o distrutti tutti i documenti e le testimonianze scritte che portavano ai Florio quali veri autori dei drammi. Inoltre, gli Inglesi modificarono nei documenti legali e nei registri parrocchiali, laddove era possibile farlo, il nome dell'attore di Stratford (come, ad esempio, in quelli matrimoniali) facendolo coincidere col nome d'arte *Shakespeare* dei due italiani. Dove la manomissione non fu possibile, si passò all'occultamento completo.

I Florio non immaginavano, quando erano ancora in vita, il successo che avrebbero avuto nel tempo le loro opere teatrali. Michelangelo, nonostante l'incontenibile passione per il teatro, si oppose strenuamente alla rappresentazione dei drammi e John si affidò, per raggiungere eterna fama, alla realizzazione del suo importante dizionario.

Tutti gli intellettuali e gli aristocratici vicini a John Florio, come il cognato Samuel Daniel, la famiglia

Pembroke, il Conte di Southampton, l'editore Thomas Thorpe, la Corte e i membri della *Scuola della notte* assecondarono la sua volontà di mantenere l'anonimato riguardo alle proprie opere teatrali.

Quando i personaggi citati, uno dopo l'altro abbandonarono la scena della vita, le vicende letterarie e teatrali dei Florio furono gradualmente sepolte dall'oblio del tempo. Gli scritti di Ben Jonson, che liberatosi da ogni scrupolo morale sulla frode compiuta si era posto l'obiettivo di esaltare se stesso e l'Inghilterra in campo artistico e letterario, nel frattempo avevano assicurato il trasferimento della paternità delle opere dei due Italiani all'attore illetterato.

A questa prima nazionalizzazione inglese di Shakespeare seguì un lungo periodo che va dalla riapertura dei teatri nel 1660 dopo la peste fino a circa il 1730, durante il quale i drammi furono poco rappresentati e spesso rimaneggiati secondo il gusto della Restaurazione.

Fu verso la metà del Settecento che il mito di Shakespeare decollò grazie all'attore londinese David Garrick che organizzò una serie di rappresentazioni, concerti e serate di gala in occasione del bicentenario della nascita dell'uomo di Stratford.

Il successo inarrestabile dei drammi necessitò la ricerca di materiale biografico sul loro autore. Poiché il nome dell'attore non compariva in nessun documento del periodo in cui era vissuto, i biografi ufficiali inventarono lacunose e insostenibili biografie.

Il nome Florio tornò alla luce nel 1890 quando fu pubblicata, lo abbiamo visto, la nona edizione dell'Encyclopaedia Britannica.

A quel punto i Pembroke, che avevano ricevuto in eredità la vasta biblioteca dei Florio, pensarono di rilanciare il mito di Shakespeare (escludendo ovviamente i

Florio), attraverso una colossale operazione commerciale incentrata su Stratford on Avon. Furono acquistate case in cui l'attore era vissuto, arredate con suppellettili e finti mobili d'epoca, dando così inizio a un'azione museale per l'esaltazione dell'epopea shakespeariana.

Oggi essi continuano a impedire agli studiosi l'accesso alla biblioteca dei Florio, ai libri, come è scritto nel testamento di John, *italiani, francesi e spagnoli, stampati e non stampati, nel numero di circa trecentoquaranta.* Per quale motivo? Sicuramente perché potremmo trovare manoscritti dei drammi dei Florio o perché alcuni di essi potrebbero avere a margine alcune note dei due italiani che riconducono all'identità floriana di Shakespeare.

Per non creare problemi all'orgoglio nazionale inglese, ma soprattutto al lucroso commercio, i Pembroke hanno deciso di negare l'esistenza dell'intera biblioteca. Eppure, proprio sui loro antenati John, con molta ingenuità, fece affidamento, lo stesso che aveva riposto su Ben Jonson.

Ora, posso anche pensare che un antenato folle dei Pembroke abbia potuto bruciare 340 libri per nascondere la nazionalità italiana di Shakespeare, ma se i volumi fossero invece conservati in vecchi bauli i Pembroke si macchierebbero di un grave crimine di fronte all'umanità e soprattutto di fronte a Dio.

Attualmente Stratford è il secondo posto più visitato del Regno Unito. Se venisse stravolta l'identità del Bardo crollerebbe l'economia del posto e avrebbe un brutto colpo anche quella di Londra.

XVIII

IGNORARE E CONFONDERE

Immagino, per esperienza, che nei lettori del presente scritto permanga un irriducibile scetticismo. Questo è comprensibile. Una menzogna ripetuta per quattro secoli non può che diventare "verità" e demolirla adesso appare un compito quasi impossibile. Tuttavia, nella storia degli uomini sono avvenuti mutamenti inimmaginabili.

La *questione Shakespeare* assomiglia un po' alla famosa *donazione di Costantino*, un documento, come è noto, che stabiliva la supremazia del papato sull'impero e diverse concessioni alla Chiesa di Roma. Nel 1440 l'umanista italiano Lorenzo Valla dimostrò in modo inequivocabile che la donazione era un falso. Lo fece attraverso uno studio storico e linguistico del documento che mise in evidenza anacronismi, contraddizioni di contenuto e forma, errori banali. Ci sono voluti sei secoli per accettare la verità.

Anche con Shakespeare si riscontrano contraddizioni e banalità se a tale nome si associa l'attore di Stratford. E' una situazione davvero paradossale quella che si è venuta a creare. Chi come me afferma l'identità italiana del drammaturgo fornendo prove molto semplici e dalla disarmante evidenza (e gli studi più approfonditi non fanno altro che confermare quanto fin qui sostenuto), viene accusato di diffondere assurde fantasie. Invece, tutti i grandi biografi stratfordiani, nessuno escluso, che hanno inventato di sana pianta la vita di un attore senza cultura e sensibilità per dare credito all'idea che sia stato lui a scrivere i drammi immortali, godono della fiducia del mondo intero.

Dopo l'uscita del libro *Shakespeare è italiano*, un professore inglese che insegna da anni in una università italiana, alla domanda del giornalista di un quotidiano circa l'ipotesi che dietro il nome Shakespeare ci fossero i Florio, rispose: *"Questa teoria è piena di varianti perché ci sono più Florio. Ci sono Michelangelo e suo figlio John, poi c'è Giovanni Florio con un figlio; poi c'è un altro John Florio che è stato un letterato affermato nell'epoca e faceva parte del circolo del conte di Southampton..."*.

Questo professore tiene ogni anno seminari su Shakespeare e non oso mettere in dubbio che conosca bene, per averle lette, le opere del drammaturgo, ma sull'argomento riguardante i Florio ha dimostrato una sconfortante ignoranza, perché cita tre autori col nome Florio, mentre in realtà parla senza saperlo della stessa persona. Se anche avesse fatto un errore in buona fede, non è ammissibile che uno studioso serio dia una risposta pubblica senza conoscere l'argomento.

Così facendo ha dimostrato d'ignorare gli studi degli autori sopra citati, in particolare quelli inattaccabili e accreditati della sua connazionale Frances Amelia Yeats che ha scritto, come abbiamo visto, una preziosissima biografia su John Florio.

La risposta del professore è un esempio di come gli stratfordiani evitino qualsiasi confronto che metta in discussione il loro idolo di Stratford.

Di fronte alle critiche basate su prove documentarie, poiché gli accademici inglesi non hanno argomenti per rispondere, mettono in atto una strategia che prevede due momenti: **ignorare** e **confondere**.

Ignorano uno scritto, o una voce non gradita, fino al limite della decenza e quando non possono più farlo e sono costretti a rispondere iniziano a confondere, con argomenti ridicoli e inconsistenti, le idee dei lettori o degli ascoltatori che chiaramente non sono addentro alla *questione* Shakespeare.

In quattro secoli, la menzogna su Shakespeare è diventato un dogma sul quale si sono formate intere generazioni di studiosi e metterlo in discussione significa mettere in discussione le loro certezze.

Spero che gli Italiani comprendano il mio messaggio. Non è stato l'italiano Dante il più grande maestro di messaggi in codice della storia?

O voi ch'avete li 'ntelletti sani/ Mirate la dottrina che s'asconde / Sotto il velame de li versi strani.[68]

---

[68] DANTE, La Divina Commedia, Inferno IX, 61-63

Finito di stampare nel mese di Marzo 2015
per conto di Youcanprint *Self-Publishing*